사임당의
위대한 삶
거슬러보기

전규호 지음

明文堂

《신사임당 초상》
오죽헌 몽룡실에 봉안되어 있음

《오죽헌 전경》
강원 강릉시 율곡로 죽헌동에 위치

《사임당 묘소》
경기 파주시 법원읍 동문리에 위치

| 사임당 가계도 |

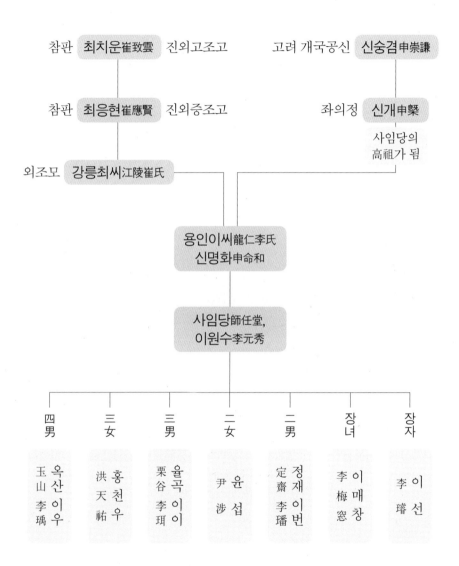

참판 **최치운崔致雲** 진외고조고   고려 개국공신 **신숭겸申崇謙**

참판 **최응현崔應賢** 진외증조고   좌의정 **신개申槩**

                                    사임당의
                                    高祖가 됨

외조모 **강릉최씨江陵崔氏**

**용인이씨龍仁李氏
신명화申命和**

**사임당師任堂,
이원수李元秀**

四男	三女	三男	二女	二男	장녀	장자
옥산이우 玉山李瑀	홍천우 洪天祐	율곡이이 栗谷李珥	윤섭 尹涉	정재이번 定齋李璠	이매창 李梅窓	이선 李璿

《율곡 선생 유적지》
경기 파주시 법원읍 동문리에 위치

《문성공 율곡 선생 묘소》
경기 파주시 법원읍 동문리에 위치

사임당의 위대한 삶 거슬러보기

전규호 지음

책을 내면서

　사임당은 현재 대한민국에서 유사 이래 여성 최고의 예우를 받고 있다. 일례로, 오만 원권 지폐의 주인공이 되기까지 하였으니, 더 말해 무엇하랴!

　이에 필자는 항상 사임당에 대한 의문이 있었다. 필자가 사임당에 대해 아는 것은 몇 점의 초충도와 조선 최고의 유학자인 율곡선생의 어머니라는 것뿐이었으니, 필자 생각에,

　"이것만 가지고서는 조선 최고의 지성을 갖춘 여성이 될 수는 없다."

고 생각하고, 모 잡지에 필자의 사임당에 대한 의문점을 써서 기고한 일이 있었는데, 바로 그 뒤에 그 잡지사의 편집장을 만나서 사임당에 관하여 대화를 나누던 중에, 편집장이 하는 말이,

　"네, 제게 사임당 선생에 관한 책이 있습니다."

고 하고, 곧바로 그 책을 가져왔으니, 책명은《사임당의 생애와 예술》이라는 책이었다.

이 책을 읽어보고, 나의 평소 소견이 잘못 되었음을 깨닫고, 즉시 전에 잡지사에 기고한 글을 회수하였다.

《사임당의 생애와 예술》이라는 책은 노산 이은상 선생이 쓴 책으로, 사임당 선생을 비롯하여 그의 직계가족에 대한 것을 총망라하여 쓰신 책으로, '사임당의 지성과 예술', 그리고 여인으로서 갖추어야 할 바느질과 자수 등 모든 것을 갖추고 있다고 소개하고 있었다.

그런데 현재 대한민국의 교육을 담당하는 부서에서는 사임당에 대한 체계적인 교육이 없는 것으로 알고 있다. 그러므로 대학을 졸업해도, 사임당 선생이 어떤 인물이기에 오만 원권 지폐에 그의 초상이 그려져 있는지를 잘 모른다.

그러므로 필자는 노산 이은상 선생이 쓴 《사임당의 생애와 예술》이라는 책의 출판 방향을 100% 뒤집어서, 어떤 기밀한 이유가 있어서 사임당이 평산신씨의 집안에서 출생하였으며, 여기에 더하여 반드시 사임당이 나올 수밖에 없는 까닭을 밝히는데 많은 노력을 기울였다는 것을 이곳에서 밝히는 것이고, 여기에 더하여 조선 최고의 유학자인 율곡선생이 사임당 선생의 아들이라는 것도 필연적인 이유가 있음을 이 책을 통하여 추측해 보려고 한다.

그리고 덧붙일 말씀은 공자께서 《주역》 곤괘 문언文言*에,

---

*문언文言: 이해하기 어려운 《주역》을 이해하기 쉽도록 풀어놓은 십익十翼 중의 하나.

"착한 일을 많이 쌓은 집에는, 반드시 그 후손에게 남은 경사(축복)가 있다.〔積善之家, 必有餘慶.〕"

고 하는 말씀에 초점을 맞추어서 사임당이 왜 평산신씨 집안에서, 그리고 강릉에서 출생하였는지, 그리고 율곡은 어째서 사임당의 아들로 태어났는지를 풀어내려고 노력하였다. 그리고

"착한 일을 많이 쌓은 집안에는, 반드시 그 후손에게 좋은 일이 있을 것이다."

라는 공자의 말씀을 온 국민이 이해하고 모두 이를 실천하기에 이르게 된다면, 대한민국 국가 역시 세계에서 1등 가는 국민이 될 것은 불문가지不問可知이기에, 필자는 이 점에 초점을 두고 이 책을 쓴 것이다.

다시 말하건대, 이 책의 말씀을 잘 이해하고 사임당 선생 선대의 조상들(본가 외가 포함)께서 살아온 삶을 따라서 산다면 모두 사임당 선생의 집안처럼 축복받는 집안이 될 것임을 알려드리는 바이다.

그리고 각 문장마다 '보충 해설'이라는 난을 만들어서, 필자의 좁은 소견이지만, 본문을 더욱 깊이 이해하도록 많은 노력을 기울였다는 점을 알려드립니다.

2024년 8월 순성재循性齋에서

홍산 전규호全圭鎬는 지識하였다.

●● 차례 ●●

I

사람의 뿌리는 어디에 있는가!

1

✕✕✕

뿌리와 열매의 상관관계

　우리가 살아가고 있는 지구상에는 수많은 동식물이 살아가고 있다. 그렇다면 그들은 어떤 방법으로 자신의 유전자를 이 지구상에 유지시키는가! 주지하는 바와 같이 소나무는 자신의 씨앗으로 소나무를 생산하고, 참나무도 자신의 씨앗으로 참나무를 생산한다. 절대로 소나무의 씨앗이 참나무가 되지는 않는다.

　그 원인은 어디에 있는가! 필자가 과학자가 아니라 과학적으로 세밀하게 설명하지는 못하지만, 그러나 그 품종을 이학理學적으로 풀어보면 알 수가 있다. 소나무는 자체적으로 소나무의 성질이 들어있고, 참나무 또한 소나무와 같이 참나무 자체의 성질의 이치가 들어있다고 봐야 한다.

　열매를 말하면, 참나무는 상수리를 생산하고, 소나무는 솔방울을 생산하며, 소나무는 짙은 향기가 나는 반면에 참나무는 향기가 없다.

그럼 뿌리의 역할을 말해보자. 모든 식물은 뿌리를 기반으로 하여 싹이 트고 자라고 성장하며 열매를 맺는데, 이 모든 것이 뿌리에서 영양을 공급받아서 이루어지는 것으로, 만약 그 뿌리가 썩으면 그 나무는 고사枯死하여 죽고 만다.

이렇기 때문에 식물은 그 근원을 뿌리에 두고 자라고 꽃을 피우고 열매를 맺으니, 그 근원은 모두 뿌리에 있다고 봐야 한다.

그렇다면 동물은 어떤가! 동물은 식물과 달리 뿌리는 없고 스스로 이동하면서 먹이를 구하여 먹고 사는데, 그 먹이에서 나온 영양분으로 인하여 살아가는 구조이다.

그러나 모든 동물의 구조와 속성은 각기 다르다. 일례로, 동물은 초식동물과 육식동물이 있으니, 호랑이와 사자 같은 유의 동물은 육식동물이고, 소와 말 등의 유는 초식동물이다. 일반적으로 말해서 육식동물은 성품이 사납고, 소, 말 등 초식동물은 비교적으로 성품이 유순하다.

그렇다면 동물이 뿌리가 없다고 해서, 호랑이가 사자를 낳고 사자가 호랑이를 낳느냐 하면 그렇지 않다. 호랑이는 오직 호랑이만 낳을 수 있고, 사자도 호랑이와 같이 사자 새끼만 낳을 수 있어서, 우리가 살아가는 우주의 질서가 유지되는 것이다.

위에서 말한 대로 이렇게 모든 동식물이 자신을 닮은 새끼를 낳는 것은, 그 동식물 자체의 유전자가 있어서 그렇게 되는 것이니, 만약 이런 이치를 벗어나서 사자가 호랑이를 낳고 호랑이가 사자를 낳게 된다면, 우리가 살아가고 있는 우주의 질서에 혼란이 오는 것이니, 만약 이런 일이 벌어진다면, 이 지구는 유지되지 못하고 멸망하게 되는 것이다.

그러면 사람을 비유로 들어서 말해보자. 어떤 사람은 돈이 많은 훌륭한 부모에게서 태어나고, 어떤 사람은 가난한 사람의 아들로 태어나며, 그리고 어떤 사람은 부자가 되어서 호화롭게 세상을 살아가는가 하면, 어떤 사람은 찢어지게 가난한 삶을 영위하는데, 이는 어째서인가!

이는 공자의 말씀이,

"착함을 많이 쌓은 집에는, 반드시 그 후손에게 남은 경사(축복)가 있다.〔積善之家, 必有餘慶.〕"

라고 한 말씀에 아주 긴요한 이치가 숨어있는 것이다.

이 세상에서 살아가는 사람이라면 누군들 자신이 '대통령과

장관' 등의 고관을 자식으로 두고 싶지 않겠는가! 그러나 이는 쉬운 일이 아니다. 그럼 누가 고위직의 자식을 둘 수가 있는가! 위에서 말한 공자의 말씀과 같이 그 조상이 '착한 덕을 많이 쌓은 사람'이어야 한다.

위에서 말한 대로 고관대작이 나오고 천하의 부자가 나오는 집안은 그 조상이 정말 많은 적선積善을 했기 때문이니, 이런 이유로 사람은 그 뿌리를 조상으로 봐야 하는 것이다. 그 조상의 선행의 자양분이 자손의 영양분이 되기 때문에 그 자손들이 이 세상에서 잘 되어서 혹 고관대작을 지내고, 혹은 갑부가 되어서 남부럽지 않게 이 세상을 살아가는 것이다.

이번에는 식물의 열매에 대하여 말해보자.

우선 연약하기만 한 수박 넝쿨에 달덩이같이 커다란 수박이 열리는 것을 보면, 그렇게 커다란 수박이 어떻게 열릴 수가 있는 가를 살펴볼 필요가 있다.

물론 그 커다란 비밀은 말할 것 없이 토양이 비옥한 땅이냐, 아니면 척박한 땅이냐에 그 비밀이 숨어있는 것이다.

아무리 품질이 좋은 수박이라도 척박한 땅에 뿌리를 박고 있다면, 달덩이 같은 커다란 수박은 나오지 않는다. 반대로 비옥한 땅에서 나온 수박은 반드시 달덩이 같은 커다란 수박을 생산할 수가 있는 것이니, 결국 커다란 수박을 생산하는 비밀은 땅이 비옥하냐 아니냐에 달린 것이다.

식물에 열린 열매의 당도에 대하여 말해보면, 우선 그 식물에 알맞은 기온이어야 한다. 만약 열대식물을 온대지방에 심는다면 기온이 맞지 않아서 좋은 결실을 얻을 수가 없는 것이다. 그리고 땅에 들어있는 성분도 그곳에서 자라는 식물에 지대한 영향을 끼친다. 땅의 주성분인 질소, 인산, 가리가 적절하게 잘 배합된 토양에서는 비교적 당도가 좋은 열매를 얻을 수가 있는 반면에, 바람이 세차게 불거나 혹은 해풍이 부는 곳 등 여러 가지의 영향으로 인하여 열매의 크기와 당도의 유무 등이 결정된다고 봐야 할 것이다.

식물은 이렇게 다양한 조건의 영향을 받는 것인데, 그러나 식물은 언제나 그 뿌리가 병들지 않고 튼실해야, 지엽枝葉이 무성하고 열매가 많이 열릴 것은 물문가지이다. 이런 이유로 식물, 동물 모두 그 뿌리가 튼실해야 많은 꽃을 피우고 많은 열매를 맺어서 많은 수확을 기대하게 되는 것이다.

　이곳에서 작가가 말하려는 것은 뿌리, 즉 근원이 어디에 있느냐는 것이다. 식물의 뿌리는 우리의 눈에 바로 보이는 바와 같이 뿌리에 있는 것이 확실한데 반하여, 동물, 즉 사람의 뿌리는 어디에 있는지 보이지 않는다.

　식물의 뿌리가 자양분이 많은 비옥한 땅에 있다면, 그 식물은 무성하게 잘 자라서 많은 꽃을 피워서 많은 열매를 맺을 것이고, 척박한 돌무더기에 뿌리를 박은 식물이라면 무성하게 자라지 못하니, 자연히 많은 열매도 맺지 못하게 되는 것이다.

　그렇다면 사람은 뿌리가 어디에 있느냐는 것인데, 작가의 견해는 사람의 뿌리는 부조父祖, 및 조상의 선행에 있다고 생각한다.
　그렇기에 공자께서 《주역》 곤괘 문언文言에,

　"착한 일을 많이 쌓은 집에는, 반드시 그 후손에게 남은 경사(축복)가 있다.〔積善之家, 必有餘慶.〕"

라고 말씀하지 않았는가! 그러므로 사람에게 선행은 식물에게 옥토와 같은 역할을 한다고 봐야 한다.

2

×××

축복이 딸(사위)에게 내려가는 집,
영주 삼판서고택

선비의 고장 경북 영주에는 유명한 명승지가 많다. 하나하나
열거하면, 우선 조선 최초의 서원인 "소수서원紹修書院"[1]이 있고,
"부석사浮石寺"[2]가 있으며, "선비촌"이 있고, "선비세상"이 있으며,

---

1 소수서원紹修書院 : 우리나라 최초의 사액서원賜額書院.
고려 때의 유학자 안향安珦을 향사享祀하는 곳으로, 경상북도 영주시 순
흥면 내죽리에 있다. 이조 중종 38(1542)년에 당시 풍기군수豊基郡守 주
세붕周世鵬이 숙수사宿水寺의 옛터, 백운동白雲洞에 백운동서원白雲洞
書院을 세웠다. 그 뒤 명종 5(1550)년에 퇴계 이황李滉이 군수로 부임하
여, 노비·전장田庄·도서를 내려줄 것과 아울러 사액賜額하여 줄 것을
경상 감사를 통해 왕에게 청한 바 소수서원이라는 액서額書를 내려주었
다.
이것이 우리나라 사액서원의 시조가 된다. 중종 39(1544)년에 안향의
후손, 안축安軸·안보安輔를 인조 11(1633)년에 주세붕을 추배追配하였
다. 소수서원은 대원군이 서원을 철폐할 때에도 계속 유지되었으며 사
적으로 지정되어 있다.
2 부석사浮石寺 : 한국 화엄종華嚴宗의 근본도량根本道場이다. 676년(신라

영주 삼판서고택

"한옥마을"이 있고, "삼판서고택三判書古宅"이 있다.

그리고 영주시 풍기읍에는 "풍기인견"과 "풍기인삼"이 있는
데, 인견과 인삼은 여러 곳에 매장이 있어서 관광도 할 수 있고, 그

문무왕 16) 의상義湘이 왕명을 받들어 창건하고, 화엄의 대교大敎를 펴
던 곳으로, 창건에 얽힌 의상과 선묘善妙 아가씨의 애틋한 사랑의 설화
는 유명하다. 1016년(고려, 현종 7)에 원융국사圓融國師가 무량수전無量
壽殿을 중창하였고, 1376년(우왕 2)에 원응국사圓應國師가 다시 중수하
고, 이듬해 조사당祖師堂을 재건하였다. 그 후 여러 차례 중수와 개연改
椽을 거쳐 1916년에는 무량수전을 해체 수리하였다. 경내에는 무량수
전(국보 18)·조사당(국보 19)·소조여래좌상塑造如來坐像(국보 45)·조사
당 벽화(국보 46)·무량수전 앞 석등(국보 17) 등의 국보와 3층석탑·석
조여래좌상·당간지주幢竿支柱 등의 보물, 원융국사비·불사리탑 등의
지방문화재를 비롯하여 삼성각三聖閣·취현암醉玄庵·범종루梵鐘樓·안
양문安養門·응향각凝香閣 등 많은 문화재가 있으며 또 신라 때부터 쌓은
것으로 믿어지는 대석단大石壇이 있다.

리고 좋은 상품의 인삼을 비교적 싼 가격에 살 수 있어서 좋다.

이곳 영주에서 필자가 가장 인상 깊게 관광한 곳은 바로 "삼판서 고택三判書古宅"이니, 이곳은 고려 말에 형부상서를 지낸 정운경鄭云敬[3]과 조선 초에 공조판서·형조판서·예조판서 등을 역임한 황유정黃有定[4]과 이조판서를 지낸 김담金淡[5] 등이 이 고택에서 살았다고 한다.

특이한 점은 판서 정운경은 이 집을 사위인 판서 황유정黃有定에게 상속하였고, 그리고 황유정 또한 외손자인 이조판서 김담金淡

---

3 정운경鄭云敬: ?~1366. 본관은 봉화奉化이다. 충숙왕 때 지밀성사知密城事·복주판관福州判官 등을 역임하고, 공민왕 때 전주목사全州牧使·병부시랑兵部侍郎·형부상서刑部尙書·검교밀직제학檢校密直提學 등을 역임하였다. 조선 초기에 한양을 설계한 정도전의 부친이다.

4 황유정黃有定: 1355년(공민왕 4) 12세의 나이로 안동도회에 참여하여 시를 지었는데, 시관이 그 시를 보고 감탄하여 과거에 응시하기를 권했다고 한다. 1390년(공양왕 2) 초계군수를 지냈으며, 이후 한성판윤을 거쳐 예조·공조·형조의 전서를 역임하였다. 조선이 개창된 이후에는 공조판서·형조판서·예조판서를 지냈다. 이후 병환을 이유로 사직하였다. 고향 구성龜城(지금의 영주시 영주동) 아래에 있는 자택에다 '소쇄헌掃灑軒'이란 현판을 걸고 만년을 보냈다.

5 김담金淡: 1416~1464. 본관은 예안禮安, 자는 거원巨源, 호는 무송헌撫松軒이다. 시호는 문절文節이다. 천문과 역법 등에 밝았다. 1435년(세종 17)에 정시庭試에 급제하였고, 장령, 직제학, 안동부사, 첨지중추원사 등을 거쳐, 1460년(세조 6) 1월에 경주 부윤에 제수되었다. 1463년 7월에 중추원부사가 되었고, 이조판서를 지냈다. 《세조실록》 10년 7월 10일 기사에 졸기가 실려 있다. 저서로는 《무송헌집》이 있다.

에게 상속하였다고 하니, 외손에게 상속된 특이한 집이 된다.

이곳 삼판서고택은 원래 구성공원 남쪽(현 영주동 431번지)에 있으면서 수백 년 동안 그곳에 세워져 있다가 1961년 대홍수로 고택이 무너져 훼손되었는데, 이를 안타깝게 여긴 영주시민들이 뜻을 모아서, 2008년 10월에 서천西川이 내려다보이는 이곳 구학공원에 복원하였으니, 이곳이 "선비의 고장" 영주를 상징하는 명소로 자리 잡게 되었다는 것이다.

여기서 삼판서고택을 복원하는 일화 하나를 소개하려고 한다.

당시 5·16군사정변을 이끈 박정희 군사혁명위원회軍事革命委員會 의장이 헬기를 타고 와서 수해를 입은 영주시내를 바라본 뒤에 서천西川의 강물 줄기를, 현재 흐르고 있는 이곳으로 옮기라고 지시하여, 당시 국토개발단에서 현 위치로 물줄기를 옮겨놓았다고 한다.

삼판서고택 역시 전에 있던 자리에 복원하지 않고, 유유히 흐르는 서천이 눈앞에 흐르고, 그리고 영주시내가 환히 바라보이는 이곳 조그만 구학공원에 복원하였다고 하니, 더욱 훌륭한 터를 잡지 않았는가! 하고 생각한다.

필자가 이 고택에서 눈여겨보는 것은, 어째서 아들에게 상속되지 않고 사위에게 상속되었냐는 것이다.

공자께서 《주역》 곤괘 문언文言에,

　　"착한 일을 많이 쌓은 집에는, 반드시 그 후손에게 남은
　　경사(축복)가 있다.〔積善之家, 必有餘慶.〕"

라고 말씀하셨는데, 이 말씀은, 즉 덕을 많이 쌓은 집의 후손들은 많
은 축복을 받을 수 있다는 말씀이니, 이 세상 어디에 축복받는 것을
싫어할 사람이 있겠는가! 그러므로 조선의 선비들은 착한 일을 많이
쌓는 것을 필생의 일로 생각하고 좋은 일을 많이 하였다고 생각한다.

　　그런데 보통 사람들은,

　　"자손이 잘된다."

고 하면, 그 축복이 곧장 아들에게만 승계되는 것으로 생각하는데,
이곳 '삼판서고택'은 축복의 승계가 딸, 즉 외손으로 이어져 내려왔
다는 것이고, 그리고 그 축복이 당시 조선 조정에서 여섯 명(육판
서) 밖에 없는 높은 직책인 "판서"였으니, 요즘 사람들의 말대로 대
박이 터진 것이다.

　　조선시대에는 복을 받는 곳인 '명당明堂'을 찾아내어 그곳에
조상의 묘를 쓰면 그 후손들이 많은 복을 받을 수 있다는 '풍수설'이
있었으니, 당시 사람들은 너나없이 복을 받으려고 '명당'을 찾아다

넜다고 한다.

비근한 예로, 김대중 전 대통령도 대통령에 출마했을 적에 조상의 묘를 용인으로 옮겼고, 대통령에 출마했던 이회창 대통령 후보도 조상의 묘를 명당을 찾아 이전했다는 이야기를 신문에서 본 일이 있다. 그렇다면 이 '명당'의 풍수설은 오늘날에도 믿고 따르는 사람이 많다는 말이 된다.

그러나 필자는 이를 확신하지 않는다. 다만 위에서 언급한,

"착한 일을 많이 쌓은 집에는, 반드시 그 후손에게 남은 경사가 있다.〔積善之家, 必有餘慶.〕"

라고 한 공자의 이 말씀을 필자가 믿고 따른 지가 벌써 수십 년이 되었다.

이렇게 이 세상 사람들이 '착한 일을 많이 쌓은 사람은 많은 축복을 받는다.'라는 말씀을 믿고, 너나없이 복을 받으려고 좋은 일을 많이 하게 된다면, 어느새 이 세상은 축복을 받는 아름다운 세상이 되지 않겠는가!

그리고 이곳 '삼판서고택'은 상속이 본손本孫에게 이루어지지 않고 사위(딸)에게 이루어졌다는 점이다.

우리들의 일반적인 상식은 재산의 상속은 아들에게만 이루어

진다고 믿고 있는 것이 상식이었다. 그러나 이곳 '삼판서고택'은 고려 말엽에 있던 고택인데, 당시 군주 국가에서 아들을 제쳐두고 사위(딸)에게 상속되었다는 점이 특이한 점이다.

다시 말한다면, 아들도 자식이고 딸도 자식이니, 아들딸 모두그 뿌리를 부조父祖에 두고 있다는 점으로, 재산이 딸에게 상속되어도 하등 이상할 것이 없다는 이야기가 된다.

| 보충 해설 |

이곳 영주에 있는 '삼판서고택'의 글을 이곳에 넣은 이유는, 다름이 아니고 상속이 아들에게만 이루어지는 것이 아니고 딸(사위)에게도 이루어진다는 것을 알리기 위함이다. 마치 신사임당이 외가인 용인이씨와 진외가인 강릉최씨의 유음遺蔭을 많이 받은 것처럼 말이다. 물론 본가인 평산신씨의 유음도 많이 받았을 것으로 사료되지만, 유독 특이하게 나타나는 것은 사임당의 어머니 용인이씨의 목숨을 걸고 벌인 하늘과의 한판 승부이다.

사임당은 어머니 용인이씨의 소유인 강릉의 오죽헌에서 자랐고, 어머니 용인이씨 역시 외조부인 참판 최응현의 집에서 출생하고 자랐으므로, 평생 외가인 강릉최씨네 사람으로 산 것으로 안다.

3

×××

풍수로 본 강릉

　백두산 정맥이 남쪽으로 구불구불하게 이리 비틀고 저리 비틀며 내려오다가 불끈 힘주어 솟아오른 곳이 있으니, 이곳이 대관령(842m)이니, 곧 강릉의 진산鎭山이다.

　이곳 관도官道에는 의운루가 있고, 연당蓮塘에는 운금루가 있으며, 동쪽으로 바닷가에는 한송정이 있고, 북쪽의 호수에는 경포대가 있으니, 이곳이 우리나라에서 명승지로 으뜸이 되는 곳이다.

　이곳 강릉 경포대에는 신라시대 사선四仙 중의 한 사람인 영랑선인永郎仙人이 놀던 곳이라고 한다.

　경포대는 포구의 둘레가 20리이고 물이 깨끗하여 마치 거울과 같으며, 깊지도 않아 겨우 사람의 어깨가 잠길 만하며, 사방과 복판이 모두 똑같다.

서쪽 언덕에는 봉우리가 있고, 봉우리 위에는 누대가 있으며, 누대 가에 영랑이 선약을 만들던 돌절구가 있다. 포구 동쪽 입구에 나무로 만든 판교板橋가 있는데, 이를 강문교江門橋라고 한다. 밖에는 죽도竹島가 있으며, 섬 북쪽에는 5리나 되는 백사장이 있다. 백사장 밖은 창해滄海가 만 리인데, 해돋이를 바로 바라볼 수가 있으니, 가장 기이한 경치이다.

또한 강릉시민이 모여 사는 동네 뒤에는 아기자기한 작은 산이 많은데, 이 산에는 어김없이 붉은 빛의 금강송이 군락을 이루고 있으며, 동네는 맑고 깨끗하여 사람의 마음을 잡아당기는 마력이 있다.

이렇게 수려한 산이 둘려 있고, 밖에는 맑고 넓은 창해滄海가 저 멀리 하늘 끝까지 너울대는 곳이니, 이곳보다 더 아름다운 곳은 없을 것이다.

신사임당은 이러한 산수山水의 맑은 정기를 받고 태어났고, 또한 본가인 평산신씨, 그리고 외가인 용인이씨, 또한 진외가인 강릉최씨가 끼친 기운을 받고 태어났기에, 우리 조선 5000년 역사에서 가장 훌륭한 자질과 재덕을 겸비한 여인이 되지 않았을까 하고 조심스럽게 생각한다.

　　옛말에,

　　"인물은 그 고장의 산수山水에 따라 나온다."

고 하였다. 그러므로 이언俚言에,

　　"처가는 멀어야 한다."

고 하였으니, 이는 왜인가! 사람이 먼 곳의 사람을 아내로 맞이하면 훌륭한 자식을 낳는다는 말이니, 이는 산수가 서로 다른 곳의 남녀가 부부의 연을 맺으면, 이곳 산수의 기운을 받고 태어난 남자와 저곳 다른 산수의 기운을 받고 태어난 여자가 만나서 자식을 낳는 것이니, 이쪽의 기운과 저쪽의 기운이 합하여 전혀 다른 기운을 받은 자녀가 탄생하는 것으로, 이렇게 태어난 아이가 인물이 될 것은 불문가지이다.

　　하물며 강릉은 백두산의 정기가 남쪽으로 굽이굽이 이리 비틀고 저리 비틀며 내려오다가 불끈 힘주어 솟아오르니, 이곳이 대관령(842m)인데, 이곳이 바로 강릉의 진산鎭山이 되니, 이런 진산의 아래에 강릉이라는 고을이 있는 것이다.
　　이곳의 풍수가 오죽 좋았으면 신라의 유명한 선인 영랑永郞이 이곳에 와서 살기까지 하였겠는가!

대관령을 위시한 오대산, 소금강산 등의 수려한 명산과 맑고 깨끗한 창해가 밖에서 너울대는 곳이니, 이러한 신령한 곳에 어찌 어진 인물이 나오지 않겠는가! 여기에 더하여 붉은 빛의 금강송이 쭉쭉 뻗어 그 절개를 자랑하는 곳이니, 더 말해 무엇하랴!

그러므로 '신사임당' 같은 어질고 깨끗한 인물이 이곳에서 나온 것이 아닌가! 하고 생각한다.

II

태교 胎教

1

××××

열녀전 말씀

《열녀전烈女傳》[6]에서 말하기를,

"옛적에 부인이 아이를 잉태하였을 적에는, 잠잘 적에
는 옆으로 기울게 하지 않으며, 앉을 적에는 가에 앉지 않으
며, 설 적에는 한쪽 발로 서지 않으며, 부정한 음식을 먹지
않으며, 칼로 썬 것이 바르지 않으면 먹지 않으며, 자리가
바르지 않거든 앉지 않으며, 눈으로는 부정한 것을 보지 않
으며, 귀로는 음탕한 소리를 듣지 않으며, 밤이면 악사樂師[7]
인 봉사로 하여금 시詩를 외우게 하며, 바른 일을 말하게 하

---

6 열녀전烈女傳: 중국 한漢나라의 유향劉向이 지은 책. 고대로부터 한대
漢代에 이르는, 중국의 현모·열녀들의 약전略傳, 송頌, 도설圖說을 엮었
다.

7 악사樂師: 고대에 소경인 악사樂師가 항상 임금 곁에 있으면서 시를 외
워주며 규간規諫을 한 고사가 있다. 《周禮 春官宗伯 瞽矇》.

였다.

이와 같이하니, 아이를 낳으매 용모가 단정하며, 재주가 보통 사람보다 뛰어났다.

　　"古者 婦人姙子 寢不側 坐不邊 立不蹕 不食邪味 割不正 不食 席不正 不坐 目不視於邪色 耳不聽於淫聲 夜則令瞽誦詩 道正事 如此 則生子 形容端正 才德必過人矣."

하였다.

집해集解[8]의 기록

위의 말씀은, 임신하였을 적에는 응당 태아가 신실하게 감화되는 것이니, 착함에 감화되면 착해지고, 악함에 감화되면 악해짐을 말한 것이다.

이씨李氏가 말하였다.

　　"사람이 태어남에 대해서 말하겠다. 천명天命의 성性으로 말하면 순수하고 지극히 선善하여 본래 특이함이 있지 않으나 기질의 성性으로 말하면, 청탁淸濁[9]과 미추美醜[10]의 차이

---

8 집해集解 : 여러 가지 해석을 모은 책.

가 없을 수 없으니, 정신이 맑은 자는 지혜롭고 탁한 자는 어리석으며, 선한 자는 어질고 악한 자는 불초하다. 임신의 초기는 감화받는 시기이니, 한번 자고 한번 앉고 한번 먹고 한번 보고 한번 듣는 것이 실로 청탁淸濁과 미악美惡의 관건이 되고, 지우智愚[11]와 현賢과 불초不肖[12]의 근저가 된다. 부모가 된 자가 이것을 소홀히 하고 태만하게 하니, 두렵지 않은가!"

라고 하였다.

| 보충 해설 |

사람이 태어남을 곡식에 비유해서 말해보자.

곡식의 씨앗을 비옥한 땅에 뿌리면, 초엽初葉이 실하게 나오는 것이고, 척박한 땅에 뿌리면 초엽이 파리한 모습으로 나온다.

초엽이 나온 뒤에, 옆으로 많은 곁가지를 치게 되면 많은 수확을 올리는 것이다. 초엽이 파리하게 올라오면 힘에 겨워서 옆으로 곁가지를 칠 수가 없기 때문에 많은 수확을 기대할

---

9 청탁淸濁 : 맑음과 흐림을 아울러 이르는 말.

10 미추美醜 : 아름다움과 추함. 미인과 추녀를 아울러 이르는 말.

11 지우智愚 : 슬기로움과 어리석음.

12 불초不肖 : 아버지를 닮지 않았다는 뜻으로, 못나고 어리석은 사람을 이르는 말.

수가 없는 것이다.

사람도 초목이 자라는 것과 똑같다고 봐야 한다. 밭의 대
역인 모체母體가 실해야 하고, 그리고 씨앗을 뿌리는 부체父體
도 건강해야 건실한 아이가 탄생하는 것이다.

위에서 말한 대로, 사람에게는 정신의 청탁이 있고, 성性
의 미악美惡이 있다. 정신이 맑은 사람은 재주가 좋은 것이고,
정신이 탁한 사람은 재주가 없을 것은 불문가지이다. 성품이
아름다운 사람은 선인이 될 여지가 많고, 성품이 추한 사람은
악인이 될 여지가 많다. 그럼 어떻게 해야 선한 사람, 즉 훌륭
한 사람이 될 수가 있는가! 이는 부모의 태교가 많은 역할을
할 것으로 생각한다.

잉태하여 착하게 살면서 삿된 생각을 하지 않으면, 뱃속
의 태아도 자연히 이를 본받아서 착한 사람이 될 것이다. 그렇
다면 외손자인 율곡선생이 쓴 신사임당의 어머니 용인이씨의
행장을 아래에 기록하여, 그의 태교는 어떻게 하였는가를 알
아보기로 한다.

2

×××

이씨감천기李氏感天記[13]

외손자 율곡 이이李珥가 기록하였다

※이 글은 율곡선생의 외조모 이씨李氏가 부군夫君 신명화공이 병환으로 심
히 위중하여 죽음 앞에 있을 적에 하늘에 간절히 기도하니, 하늘이 신선을
내려보내 선약을 주어 완쾌시킨 것을 기록한 글이다.

어머니(신사임당)께서는 홍치弘治 갑자년(1504, 연산군 1) 음
력 10월 29일에 임영臨瀛(강릉)에서 출생하였고, 가정嘉靖 임오년
(1522)에 가군家君(이원수공)께 출가하였으며, 갑신년(1524)에 서울
에 오셨고, 그 뒤에 혹 강릉에 돌아갔으며, 혹은 봉평蓬坪에서 살았
고, 신축년(1541)에 서울에 돌아왔다.

경술년(1550) 여름에, 부친(이원수공)께서 수운판관에 제수
되었고 신해년(1551)에 삼청동의 우사寓舍로 옮겼으며, 그해 여름
에 가군께서 조운漕運[14]의 일로 관서關西[15]로 향하였는데, 아들 선璿

---

13 감천기感天記: 하늘을 감동시킨 것을 기록한 글을 말함.

14 조운漕運: 현물로 받아들인 각 지방의 조세를 서울까지 배로 운반하던

(율곡의 형)과 이퇴(율곡)가 모시고 갔다.

　이때에 어머니께서 편지를 강가에 있는 상점에 보냈는데, 눈물을 흘리며 쓰신 서신이었으니, 사람들은 모두 그 뜻을 알지 못하였다. 5월에 조운漕運의 일이 끝났고, 부친께서는 배를 타고 서울로 향하여 아직 도착하지 않았는데, 어머니께서는 병에 걸려서 겨우 2, 3일 만에 갑자기 여러 자식에게 말하기를,

　　"나는 일어나지 못한다."

고 하셨는데, 반야半夜에 이르러서 편안히 주무시는 모습이 평상시와 같았으니, 모든 자식이 그 병환이 차도가 있는 것으로 생각하였는데, 17일 새벽에 이르러서 갑자기 돌아가셨으니, 이 세상에 사신 해가 48년이었다.

　그날 가군(아버지)께서는 서강에 이르렀고, 이퇴 또한 부친을 모시고 이르렀는데, 행장行裝[16]의 가운데에 있는 놋그릇이 모두 붉게 물들어 있었으니, 이를 본 사람들은 모두 괴이하게 여겼다. 그

일, 또는 그런 제도. 내륙의 수로를 이용하는 수운 또는 참운站運과 바다를 이용하는 해운이 있다.

15 관서關西: 마천령의 서쪽 지방. 평안도와 황해도 북부 지역을 이르는 말이다.

16 행장行裝: 여행할 때 쓰는 물건과 차림.

런데 조금 있다가 어머니께서 돌아가셨다는 소식을 들었다.

　어머니께서는 평소 묵적墨跡(붓글씨와 문인화 등을 말함)이 특이하였으니, 7세에 안견安堅[17]의 그림을 모방하여 그렸는데, 드디어 산수도山水圖를 그리니 지극히 기묘하였고, 또한 포도를 그렸으니, 모두 세상에서 흉내 낼 수 없는 것이며, 모사한 병풍과 족자는 세상에 전하는 것이 많다.

　진사 신공申公(명화)의 아내 이씨는 성균생원 휘諱[18] 사온思溫의 여식이니, 외조부 참판 최응현崔應賢[19]의 집에서 성장하였다.

---

17 안견安堅 : 조선 전기의 화가(?~?), 자는 가도可度·득수得守, 호는 현동자玄洞子·주경朱耕, 화원畫員 출신으로, 산수화를 잘 그렸으며, 작품에 〈몽유도원도〉, 〈적벽도赤壁圖〉, 〈청산백운도靑山白雲圖〉 따위가 있다.

18 휘諱 : 죽은 사람의 이름을 말할 때에는 휘諱라 하고, 산 사람의 이름을 말할 때에는 명名이라고 한다.

19 최응현崔應賢 : 1428(세종 10)~1507(중종 2). 조선 중기의 문신. 본관은 강릉江陵. 자는 보신寶臣. 호는 수재睡齋. 최원량崔元亮의 증손으로, 할아버지는 최안린崔安獜이고, 아버지는 이조참판 최치운崔致雲이며, 어머니는 현령 함화咸華의 딸이다. 1448년(세종 30)에 사마시에 합격하고, 1454년(단종 2) 별시문과에 병과로 급제하여 승문원부정자로 보직이 되었는데, 노모의 봉양을 위하여 강릉훈도를 자원하여 갔다. 그 뒤 저작·박사·전적 등에 임명되었으나 모두 사퇴하였고, 1462년(세조 8) 강원도도사가 되어 1년 만에 양친養親하기 위하여 사퇴하였다. 그 뒤 고성·영월 두 고을의 군수를 역임할 때 선치하였으며, 만기가 되자 고향으로 돌아왔다. 성균사성에 임명되었으나 나아가지 아니하였다. 1483년(성종 14) 대신의 천거로 집의가 되고 이어 예빈시禮賓寺·봉상시奉常寺의 정正을 역임하였다. 이어 송도에 오랫동안 해결하지 못한

성품은 순수하고 맑았으며 거동은 고요하였고, 말은 어눌하나 그러나 행동은 민첩하였으며, 일할 적에는 신중하고 착한 일을 함에는 과단성이 있었으며, 학문을 대강 알아서 항상 삼강행실록을 암송하였지만, 사장辭章[20]으로 학문을 삼지는 않았다.

이미 장성해서는 아버지께서 식구들을 이끌고 강릉에 돌아가 살았으며, 진사공〈신명화〉을 남편으로 맞은 뒤에는, 진사공의 부모님이 서울에 계시기 때문에 서울에 올라와서 시부모님을 모셨다.

당시 이씨의 어머니 최씨가 중한 병에 걸렸으므로, 이씨는 드디어 시모인 홍씨의 승낙을 받고 강릉으로 돌아가서 어머니 환후를 간호하였으니, 친히 추위와 따뜻함을 조절하고 탕약을 맛보아 올렸으며, 얼굴에는 수심을 띠었고 밤에도 잠을 자지 않고 힘껏 간호하면서 정성을 다하였다.

이씨는 몇 명의 여식이 있었으니, 법도 있게 가르쳤기 때문에

옥사가 있었는데, 그가 파견되어 명석하게 해결하여 상으로 안마鞍馬를 받았다. 1487년 호남의 수적水賊 10여인을 잡은 공으로 이조참의에 임명되었다. 이듬해 동부승지를 지내고 충청도감찰사에 임명되었다. 1489년 대사헌, 1491년 경주부윤, 1494년 한성부좌윤을 거쳐 1497년(연산군 3) 다시 대사헌에 임명되었으나 이듬해 임금의 뜻을 거스른 이유로 사직하고 고향에 돌아갔다. 1500년에 다시 대사헌에 제수되고, 1505년에 강원도관찰사에 임명되었으나 늙었다는 이유로 사임하자 형조참관으로 임명되었으며, 오위도총부부총관을 역임하다.

20 사장辭章: 1. 시가와 문장을 아울러 이르는 말. 2. 문장을 꾸미는 말.

일찍이 향리에서 칭찬이 자자하였다. 남편 진사공이 와서 갑자기 함께 서울로 돌아가자고 하니, 이씨가 눈물을 흘리며 말하기를,

"여자는 삼종지도三從之道[21]가 있으니, 하신 말씀을 어길 수는 없습니다. 비록 그러나 저의 부모님이 모두 이미 늙으셨고, 저는 무남독녀인데, 하루아침에 제가 없어지면 부모님은 누구를 의지하고 사십니까! 더구나 어머니께서 오랫동안 병환에 있고 탕약을 끊이지 못하고 있으니, 어찌 차마 부모님을 남겨두고 이별합니까! 제가 항상 아파하고 피눈물을 흘리는 것은 단지 이것 때문이니, 오늘 이 한 말씀을 낭군께 문의하는 것이니, 낭군께서는 서울로 가고 저는 시골에 남아서 각기 부모님을 모시는 것이 어떻습니까!"

고 하니, 진사공도 눈물을 흘리면서 이씨의 말을 따랐다.

정덕正德(명나라 무종의 연호) 신사년(1521)에 이씨의 모친 최씨가 돌아가셨다. 이때 남편 진사공 〈신명화〉는 서울에서 강릉을 향하여 내려오다가 여주에 이르러서 장모 최씨가 돌아가셨다는 소식을 듣고, 지극히 슬픈 마음에 밥을 먹어도 맛을 알지 못하였으므로, 점차 기운을 조섭하지 못하였고, 뒷머리에서는 냉기가 일었다.

운교역에 이르러서 드디어 병에 걸려서 귀로 소리를 듣지 못

---

21 삼종지도三從之道: 예전에, 여자가 따라야 할 세 가지의 도리를 이르던 말.

하면서 열이 심하게 났다. 진부역에 이르렀는데, 노복이 내은산에 머물기를 청하니, 진사가 말하기를,

"이곳에 머무르며 고통을 당하는 것은 속히 돌아감만 못하다."

고 하고, 출발하여 횡계역에 이르렀는데, 병세는 더욱 위중하여 피를 토함이 많았는데, 마침 강릉 사람 김순효金舜孝가 보고 북평에 있는 이씨의 처소에 통지하였고, 곧바로 구산역에 이르렀지만, 누워서 일어나지 못하는 중에 억지로 출발하여 조산助山에 있는 최씨의 재사齋舍에 들어갔다.

이씨의 외사촌 동생 최수몽崔壽懞이 이씨와 및 모든 여인과 같이 길가에 나와 맞이하였는데, 진사공은 말은 하지 못하고 겨우 고개만 끄덕일 뿐이었다.

부축하여 방에 들어가니, 얼굴은 검고 피를 토하는 것이 거의 죽을 지경에 이르렀는데, 이씨 부인이 생각하기를, 처음에는 어머니께서 돌아가셨는데, 또 남편이 심한 병을 만났으니, 놀란 마음에 정성을 다하여 향을 피우고 천지의 신명께 기도하기를 7일 주야를 계속하면서 눈을 붙여 잠을 자지 않았는데도 남편의 병이 낫지 않으니, 이내 목욕하고 손톱을 깎고 작은 칼을 몸에 지니고 외증조부 최치운崔致雲[22]공의 묘소가 있는 뒷산에 올라가서 향을 피우고 하

늘에 절하고 울부짖으면서 말하기를,

"하늘이여! 하늘이여! 착한 이에게 복을 주고 악한 이
에게 재앙을 주는 것은 하늘의 이치이고, 착함을 쌓고 악함
을 쌓는 것은 사람의 일입니다. 다만 저의 남편은 지조를 잡
고 사악함이 없으며 일하면서는 음흉함이 없었고, 그리고 아
버지 상喪을 만나서는 무덤 곁에 초막을 치고 3년간 나물만
먹으면서 효성을 다했습니다. 하늘이 만약 이를 알고 계신
다면 응당 선악을 살펴야 하는데, 오늘 어찌 이같이 혹독한
재앙을 내리십니까! 저와 남편은 각기 그 부모님을 모시고
서울과 시골에 나뉘어 산 지가 어언 16년이 되었습니다. 저
는 잠시 어머니의 상喪을 만났는데, 남편 또한 병을 얻어서
위독하오니, 외로운 제가 사방을 둘러보아도 의지할 곳이 없
습니다.

삼가 생각하옵건대, 하늘과 사람은 한 가지 이치이고
틈이 없사오니, 하늘이여! 하늘이여! 이 사정을 굽어살피소
서."

---

22 최치운崔致雲: 조선조 문신. 자는 백경伯卿, 호는 경호鏡湖·조은釣隱으
로 강릉인江陵人이다. 태종 8년(1408) 사마시, 17년(1417) 문과에 급
제, 예문관 제학으로 여러 차례 명나라에 왕래했다. 벼슬은 이조참판
에 이르렀으며 술을 지나치게 즐겨 왕이 친서로 절제케 하자 그 글을
벽에 걸어 놓고 출입할 때마다 바라보았다. 강릉江陵의 향사鄕祠에 제
향祭享되고 있다.

고 하고, 이내 작은 칼을 뽑아서 왼쪽 손의 중지 두 마디를 자르고 하늘을 우러러 다시 빌어 말하기를,

"나의 정성이 지극하지 않아서 이런 극한의 지경에 이른 것입니까!"

고 하였다. 옛날 성현의 글에,

"몸과 터럭과 피부는 모두 부모님께 받은 것이니, 감히 훼손하고 상하게 하지 못한다."

고 하였습니다. 그리고 또 말하기를,

"저의 하늘은 남편입니다. 하늘이 만약 무너지면 어찌 홀로 살아가겠습니까! 원하옵건대, 저로 남편의 목숨을 대신하게 하여 주십시오. 하늘이여! 하늘이여! 저의 작은 정성을 살피소서."

하고, 하늘에 기도하기를 이미 끝마치고, 또한 아래로 내려와서 최공의 묘에 절하고 말하기를,

"살아서는 어진 재상이었고 죽어서는 반드시 영결한 영령靈이 되었을 것이니, 반드시 상제上帝[23]께 저의 딱한 사정

---

23 상제上帝: 우주를 창조하고 주재한다고 믿어지는 초자연적인 절대자. 종교적 신앙의 대상으로서 각각의 종교에 따라 여러 가지 고유한 이름

을 전달하여 주십시오."

고 하고, 돌아와서 안방에 누웠는데, 대체로 어려운 기색이 없었고, 단지 진사공이 알까 두려워하였다.

이때는 오랫동안 가물어서 날씨는 매우 맑았는데, 잠시 지나니 검은 구름이 갑자기 일고 뇌성벽력을 치면서 비가 내렸고, 다음 날 아침에 차녀가 모시고 앉아서 잠시 잠들어서 꿈을 꾸었는데, 하늘에서 약이 내려왔으니, 커다란 대추 같은 것을 신인神人이 가지고 와서 진사에게 먹였다.

그날에 진사는 눈을 감고 갑자기 작은 소리로 말하기를,

"명일에 병이 나을 것이다."

고 하니, 최수몽崔壽嶸이 묻기를,

"어떻게 아시오."

고 하니, 대답하기를,

"신인神人이 와서 말했다."

고 하였는데, 그날에 이르러서 과연 병이 나으니, 마을 사람들이 놀

─────────
으로 불리는데, 불가사의한 능력으로써 선악을 판단하고 길흉화복을 인간에게 내리는 것으로 알려져 있다.

라고 감탄하면서, 정성으로 올린 기도의 감응이라 하였다.

당시 중종의 조정에서 이 이야기를 듣고 정려를 내렸으니, 아!
오륜 가운데에 삼강三綱[24]이 가장 큰 것이나 그 지위를 정립鼎立[25]하
면 경중을 따져서 말할 수가 없다.

남자에게는 임금과 부모, 부인에게는 아버지와 남편에게, 그
섬기는 것은 비록 다르나 이치로 보면 한가지이다. 비록 그러나 천
리天理와 인심人心에서 가장 소중한 것은 부모를 넘는 것이 없다고
하니, 그렇다면 이는 경중의 차이가 없는 중에 또한 경중이 있는 것
이고, 세상 사람들의 정서에는 항상 벼슬하는 것을 소중하게 여기
고 정성定省[26]하는 것을 가볍게 여기며, 사람들은 혼구婚媾[27]하는 것
을 무겁게 여기고 골육骨肉(형제자매)을 가볍게 여기니, 아! 슬픈 일
이다. 그리고 안에서 어버이를 모시다가 밖으로 나가면 임금을 섬
기고, 안에서 부모님을 모시다가 밖으로 나가 남편을 모시는 것도
또한 좋지 않으니, 그렇다면 어떻게 해야 하는가! 착한 곳에 있을

---

24 삼강三綱: 유교의 도덕에서 기본이 되는 세 가지 강령. 임금과 신하, 부
　　모와 자식, 남편과 아내 사이에 마땅히 지켜야 할 도리로 군위신강, 부
　　위자강, 부위부강을 이른다.

25 정립鼎立: 세 사람 또는 세 세력이 솥의 세 발처럼 서로 대립함.

26 정성定省: 밤에는 부모의 잠자리를 봐드리고 이른 아침에는 부모의
　　밤새 안부를 묻는다는 뜻으로, 부모를 잘 섬기고 효성을 다함을 이르
　　는 말.

27 혼구婚媾: 남자와 여자가 예를 갖추어 부부가 됨.

뿐이다.

이씨李氏는 이珥(율곡)의 외할머니이니, 그는 부자간의 사이와 부부간의 사이에서 인의仁義를 가지고 움직이려고 힘썼으니, 참으로 부도婦道의 처신을 잘하였고, 그리고 규문의 모범으로 처신한 사람이다.

부부의 정은 돈독하지 않음이 없었는데, 그러나 부모님을 모시는 일 때문에 16년을 떨어져 살았고, 진사공이 병에 걸려서 세상을 마치려고 할 적에 지극한 정성으로 기도하여 하늘을 감동시켰으니, 혹 빼어난 사람의 행위가 아니라면, 고금을 뛰어넘는 절개를 가진 자라도 어찌 능히 이같이 하겠는가!

만약 선비와 군자를 열을 세워 임금과 아비의 사이에서 처신하게 한다면, 곧 충효를 갖췄기 때문에 국가를 바르게 하는 자임을 알 것이다.

아! 이珥가 이를 기록하는 것이 어찌 헛된 일이겠는가! 뒤에 있는 자손은 이를 보고만 있을 뿐이겠는가!

남자가 되어 조정에 처한 자는 이를 보고 규정을 만들고, 여자로 가정에 처한 자는 이를 본받아서 법을 삼는다면, 현인과 철부哲婦가 되지 못함을 걱정하지 않아도 될 것이다.

| 보충 해설 |

이곳의 '이씨감천기'는 조선 최고의 학자인 율곡선생이 자신의 외조모인 이씨의 착한 행실을 적은 글입니다.

유학의 경전인 《서경書經》이라는 책에 보면, 지금으로부 터 3600년 전에 중국 은殷나라의 시조인 탕왕湯王[28]이라는 왕 이 있었는데, 당시 7년 동안 가뭄이 계속되니, 백성들은 초근 목피로 연명하면서 모두 '죽을 지경이다'라고 아우성을 치니, 탕왕이 몸소 하늘에 기우제를 지내면서 축원하였으니, 그 내 용을 아래에 소개합니다. 왜냐면 하늘이 이 기우제의 축원에 감응하여 비를 내려주었으므로, 7년간의 가뭄을 해결했기 때 문이고, 그리고 본문의 '감천기'와 일맥상통하는 점이 있으므 로, 이곳에 소개하는 것입니다.

"첫째, 하늘이여 제가 정사政事에 절도가 없습니까!

둘째, 백성들을 괴롭게 했습니까.

셋째, 궁궐이 사치스러웠습니까.

넷째, 측근의 청탁을 받았습니까.

다섯째, 뇌물이 오갔습니까.

여섯째, 남을 헐뜯는 것이 많았습니까."

---

28 탕왕湯王 : 중국 은나라의 초대왕(?~?). 원래 이름은 이履 또는 대을大 乙. 박亳에 도읍을 정하고 국호를 상商이라 칭하였으며, 제도와 전례典 禮를 정비하였다. 13년간 재위하였다.

라고 하늘에 기도하자, 말이 끝나기도 전에 비가 쏟아졌다고
하니, 하늘은 넓고 넓어서 아무것도 보이지 않지만, 사람들의
간절한 기도는 들어준다고 합니다.

그리고 《주역周易》의 곤괘坤卦 문언文言[29]에 보면,

"착한 일을 많이 쌓은 집안에는 후손에게 반드시 남은 경
사가 있고, 착하지 않음을 많이 쌓은 집안에는 후손이 반드시
재앙을 받게 마련이다.〔積善之家, 必有餘慶, 積不善之家, 必有
餘殃.〕"

라는 말이 나옵니다. 이 말씀은 착한 일을 많이 한 사람의 집
은 그 후손에게 반드시 큰 경사慶事(좋은 일)가 찾아온다는 말
씀이니, 공자의 모든 말씀은 인仁에 초점이 맞춰져 있는데, 반
하여 위 '문언文言'의 말씀은 유일하게 '후손이 복을 받는다'라
는 곳에 초점을 맞춘 말씀이라 말할 수가 있습니다.

필자 역시 이 책을 쓰면서, 위 문언文言의 말씀에 초점을
맞추었습니다. 그러므로 어째서 조선 최고의 어진 여성인 신
사임당이 강릉에서 나올 수밖에 없는가를 말하려고 하는 것
입니다.

---

29 문언文言: 공자가 주역을 쉽게 이해하도록 하기 위하여 십익十翼의 글
을 지었는데, 그중의 하나가 문언文言이라는 글이다.

본문의 이씨는 신사임당의 어머니이고, 율곡선생의 외할
머니가 됩니다. 그렇기에 본문 '이씨감천기李氏感天記'는 '율곡
전서'에 들어있는 문장으로, 율곡선생이 직접 지어서 후세에
알리는 글이니, 그만큼 꼭 알려야 하는 이유가 있는 것입니다.

　　위 본문에서 '이씨'의 행위 중에, 두 가지의 행적이 두드
러지는데, 하나는 남편 진사(신명화) 공은 서울에서 부모님
을 모시며 살고, 무남독녀인 이씨는 강릉에 사는 어머니께서
환후患候가 위독하시기에 어머니를 간호하기 위해서는 강릉
으로 내려갈 수밖에 없는 처지였기에, 남편과 상의하여, 남편
은 서울에 남아서 부모님을 봉양하고, 이씨는 강릉으로 내려
가서 어머니를 간호하였는데, 이렇게 부부가 떨어져 살기를
무려 16년간을 하였다는 것이니, 남편인 신명화 공과 부인인
이씨 모두 부모님을 봉양하기 위해서 16년간 젊은 부부가 별
거하며 살았다는 것은 평생을 부모님을 위해서 희생하였다는
이야기와 일맥상통하는 것입니다.

　　또 한 가지는 어머니가 돌아가시니, 서울에 있던 남편이
장모님의 상喪을 치르려고 강릉으로 내려오는 도중에 병을 얻
어서 거의 죽을 지경이 되어서 강릉에 도착하니, 아내인 이씨
는 어머님의 상중喪中에 있는데, 남편마저 병에 걸려 초죽음
이 되어서 내려왔으니, 혹 남편까지 잃을 것 같은 마음에, 7일

주야를 잠자지 않고 하늘에 기도하였는데, 하늘의 응답이 없자 다시 목욕재계하고 손발톱을 깎고 작은 칼을 지니고 외증조부 최치운崔致雲 공의 묘소가 있는 뒷산에 올라가서 기도하고 곧바로 칼을 뽑아 왼쪽 중지의 손가락 두 마디를 자르고 외증조부 최치운 공의 묘소에 가서 절한 뒤에,

"살아서는 어진 재상이었으므로, 죽어서는 반드시 영걸한 영靈이 되어서 상제를 모시고 계실 것이니, 상제上帝께 저의 딱한 사정을 전달하여 주십시오."

고 하였습니다. 이에 이날 밤 꿈에,

"신선이 내려와서 선약을 남편의 입에 넣어주는 응답을 받고 남편의 병을 낫게 하였다."

라는 아름다운 이야기입니다.

이렇게 16년 동안 남편과 별거하면서 부모님을 봉양하고, 칼로 중지를 자르면서까지 기도하여 남편의 병을 고친 아름다운 이야기는 쉽게 들을 수 없는 미담이 아닐 수 없습니다.

위에 예시한 '은殷나라 탕임금의 기우제의 고사古事와 《주역》 곤괘 문언에 있는 공자의 말씀'은 모두 이 세상에서 올바르게 살면 하늘에서 반드시 복을 내려준다는 이야기로, 본문

의 사임당의 어머니 이씨가 지극히 어려운 가운데에 처處하여 하늘에 축원하는 것과 일맥상통하는 것이고, 하늘이 감응하여 응답을 내려준 것도 모두 같은 내용이라 할 수가 있는 것입니다.

위의 내용은 이씨가 하늘에 기도를 올리는 내용인데, 처음의 기도에 하늘의 응답이 없으니, 다시 손톱과 발톱을 깎고 칼로 왼손 중지 두 마디를 자르고 기도하니, 하늘이 이씨의 기도를 들어준 내용입니다.

이는 결국 이씨가 하늘과 겨뤄서 이기는 기도를 하였다고 말할 수가 있는 것입니다. 이런 훌륭한 어머니 이씨에게서 조선 최고의 여성인 신사임당이 출생한 것이 아닌가! 하고 생각합니다.

Ⅲ

신사임당 선대의 기록

1

×××

평산신씨 시조 신숭겸 장군

    평산신씨는 고려 개국공신인 신숭겸 장군을 비조鼻祖로 모시고 세계世系를 이어오고 있다. 신숭겸 장군은 고려 초에 왕건을 모시고 많은 전투에서 공을 세웠지만, 이 중에서 가장 유명한 전투는 공산公山 동수桐藪 전투였으니, 이 전투에서 왕인 왕건을 대신하여 후백제의 견훤과 싸우다가 장렬하게 전사하였다. 이에 동수전투의 전말을 아래에 기록하기로 한다.

    후삼국시대 당시 고려와 후백제는 처음에는 별다른 충돌 없이 평화롭게 지냈으나, 926년 9월에 후백제 왕 견훤이 고려 근품성을 공격하면서 전쟁이 시작되었다. 이후로 고려와 후백제는 수차례에 걸쳐 충돌하였다. 이 과정에서 신라는 대체로 고려를 지지하였는데, 이는 견훤이 신라의 무관 출신임에도 불구하고 모반을 일으켜 스스로 나라를 일으킨 역적이라고 간주하였기 때문이다. 이에 견훤은 늘 신라에 불만을 품고 지냈다.

927년 9월, 견훤은 마침내 신라를 정벌하기 위해 군사를 이끌고 신라 근품성(근암성, 현재 문경시)과 고울부(현재 영천시)를 공격해 함락시키고 수도 금성(현재 경주)으로 진군했다. 위기를 느낀 신라 경애왕은 고려 왕 왕건에게 구원을 요청하였다. 그러자 왕건은 신라를 돕기 위하여 9월 초에 시중 공선에게 1만 명의 군사를 맡겨 원군을 파견하였다.

그러나 고려군이 미처 신라에 도착하기도 전에 후백제군이 11월에 경주를 점령하여 친고려적인 행동을 자주 하였던 경애왕을 자결시켰으며 경순왕을 새 왕으로 세웠다. 또한 왕의 아우 효렴과 재신 영경 등을 포로로 사로잡았으며, 보물들을 약탈한 후에 귀환길에 올랐다. 이 소식을 접한 왕건은 크게 분노하여 친히 5,000명의 정예 기병을 이끌고 퇴각하는 후백제군을 격파하기 위해 출전했다.

왕건은 재빨리 기병대를 이끌고 후백제군보다 한발 앞서서 대구 공산 아래에서 대기하고 있다가 퇴각하는 후백제군에 공격을 단행할 계략을 세웠다. 그러나 견훤이 이 계략을 미리 알아채고는 이를 역으로 이용하여 공산으로 향하던 고려군을 기습 공격하였다.

고려군은 곧 후백제군의 공격에 몰려 포위당하였고, 왕건은 일생일대의 위기에 처했다. 이때 고려의 개국공신 중 한 사람인 신숭겸이 왕건의 목숨을 구하기 위해 왕의 갑옷을 입고 백마에 올라 군사들을 지휘하였다. 이에 후백제군은 신숭겸을 왕건으로 착각하여 화살을 쏘아 신숭겸을 죽이고 그 수급을 취하였다. 또 다른 고려의 장수 김락도 왕건을 자신의 말에 태우고 가다가 화살에 맞아 죽었다. 이어 전이갑과 전의갑 장군 형제도 싸우던 중에 전사했다.

왕건은 간신히 탈출하여 목숨을 건졌으나, 신숭겸과 김락을 포함하여 8명의 장수를 잃었으며 5,000명의 군사 중 4,930여 명이 전사하고 불과 70명 정도의 병사들만이 살아 돌아오는 참패를 당하였다. 한편 견훤은 승세를 타고 곧이어 대목군大木郡과 칠곡군漆谷郡, 약목면若木面 등을 빼앗았으며, 고려군이 양식으로 쓰던 곡식을 빼앗아 불살라버렸다.

대구에는 아직도 파군재, 독좌암, 왕산, 안심, 해안, 반야월, 백안, 연경, 살내 등의 많은 지명이 남아 있어, 당시의 격전지임을 알 수 있다.

고려는 이 전투에서 건국 이래 최대의 패전을 당하게 되고, 이후로 후백제와 여러 번 싸우면서 계속 패하여 수세에 몰렸다. 이러한 상황을, 견훤은 최승우를 왕건에게 보낸 서신인 《대견훤기고려왕서》에서 잘 드러난다. 왕건은 후에 930년 고창 전투에서 후백제군과 싸워서 대승을 거둔 후에야 수세에서 벗어날 수 있었다.

공산전투 이후에 태조는 목숨을 바쳐 자신을 구해낸 신숭겸의 시신을 찾아내어 통곡하며, 광해주 비방동(현, 춘천시 비방동)에 예장한 다음 직접 제례를 지내고, 그 자리에 순절단殉節壇을 모시고 대구지방에 지묘사智妙寺라는 절을 지어 공의 명복을 빌게 하였고, 세 개의 봉분을 만들었다고 한다. 후백제군이 신숭겸의 시신을 왕건의 것으로 착각하고 그 목을 가져갔으니, 이에 왕건은 시신의 목을 황금으로 조각하여 함께 매장하도록 한 것이다.

또한 1120년(예종 15년)에 신숭겸과 김락장군을 추모하는 도이장가悼二將歌라는 향가를 지어 찬양케 하였다.

현재 곡성의 덕양서원과 용산재, 대구의 표충사, 춘천의 도포서원道浦書院, 평산의 태백산성사太白山城祠, 동양서원 등에 배향되고 있다.

• 위의 기사는 위키백과에서 발췌하여 게재하였다.

| 보충 해설 |

공산 동수전투에서 견훤의 군사에게 포위된 고려군은 모두 죽을 수밖에 없는 지경이었다. 이에 신숭겸 장군은 고려 왕 왕건을 미복을 입혀 포위망을 벗어나게 한 뒤에 대신 왕건의 옷을 입고 견훤의 군사와 싸우다가 장렬히 전사하였다. 이 전투에서 고려군의 장수 8명이 모두 전사하였다고 하여 그 뒤로

공산에 팔자를 붙여서 팔공산이라고 한다.

  뒤에 고려군은 견훤의 후백제를 멸망시키었고, 또한 신
라의 경순왕은 국가를 지탱할 수 없는 형편이었기 때문에 나
라를 스스로 고려에 바쳤으므로, 왕건은 비로소 통일된 국가
를 만들 수가 있었다. 이처럼 통일된 고려를 이룩하는데 지대
한 공을 세운 사람이 평산신씨의 시조 신숭겸 장군이다. 다시
말해서, 신숭겸 장군은 고려 태조 왕건을 위해 대신 죽었으니,
이는 고려를 위해 죽은 것이고, 또한 고려의 백성을 위하여 죽
은 것이니, 무한하게 많은 덕을 쌓은 것이라 말할 수가 있다.
  그러므로 공자께서 말씀한

  "착한 일을 많이 쌓은 집안에는 후손에게 반드시 남은 경
사가 있고, 착하지 않음을 많이 쌓은 집안에는 후손이 반드시
재앙을 받게 마련이다.〔積善之家, 必有餘慶, 積不善之家, 必有
餘殃.〕"

라고 하였는데, 사임당은 신숭겸 장군의 18대손이며, 조선조
세종대왕의 묘정廟廷에 배향된 신개申槩 선생은 사임당의 고
조할아버지가 되니, 사임당은 명문벌족에 뿌리를 둔 사람이
된다.

2

×××

좌의정 문희공文僖公(시호이다)
신개申槩 신도비명 병서

서거정徐居正[30]이 지었다

※ 문희공 신개申槩 선생은 세종조에서 좌의정 및 대제학을 역임하고 세종의
묘정廟廷에 배향되었으니, 사임당의 고조할아버지가 된다. 이를 뒤집어 말
하면 좌의정의 고손녀가 사임당이니, 명문거족의 자손이 된다.

정통正統 11년 병인년(1446, 세종 28) 1월 계유일(5일)에 의정
부 좌의정 인재寅齋 신 선생이 병으로 댁에서 별세하니, 향년이 73
세이다. 태상시에서 시호를 문희文僖로 하고 유사有司가 장례 절차
와 물품을 전고典故대로 제공하였다.

3월 모일 갑자일에 평산부 금강金剛의 언덕에 묻고, 임신년
(1452, 문종2) 여름 4월에 세종의 묘정廟庭[31]에 배향하였다.

---

30 서거정徐居正: 조선 전기의 학자(1420~1488). 자는 강중剛中. 호는 사
가정四佳亭·정정정亭亭亭. 성리학을 비롯하여 천문·지리·의약 따위에
정통하였고, 문장과 글씨에도 능하여 《경국대전》, 《동국통감》 따위의
편찬에 참여하였다. 저서에 《동인시화》, 《동문선》, 《필원잡기》 따위가
있다.

공의 휘는 개鄂이고, 자는 자격子格이다. 신씨는 관향이 춘주春州[32]이니, 먼 조상 숭겸崇謙이 고려 태조를 도운 공훈이 제일 높았다. 이에 평산부를 관향으로 하사받았다. 대대로 그 미덕을 계승하여 높은 벼슬아치와 유명한 인사가 많았다. 중조의 휘 중명仲明은 과거에 올라 교국자박사校國子博士 도관직랑都官直郎이 되고, 공의 공훈으로 병조참의에 증직되었다. 직랑이 전리판서典理判書 보문각대제학寶文閣大提學 휘 집訦을 낳았는데 이조판서에 증직되었고, 전리典理가 종부시宗簿寺 영슌 휘 안晏을 낳았는데 의정부 좌의정에 증직되었으니, 공에게 황고[33]가 된다.

삼중대광三重大匡 문하찬성사門下贊成事 임세정任世正의 딸에게 장가들어 홍무洪武 갑인년(1374, 공민왕 23) 4월 기해일(4일)에 공을 낳으니, 어려서부터 숙성하여 어른 같았다.

공은 일찍 외고모 원씨元氏의 손에서 자랐다. 공의 나이 겨우 3세 때의 일이다. 창과 벽에 그림을 그려 낙서한 것이 있었다. 원씨가 여러 아이를 모아놓고 누가 한 짓인지 묻자 아이들이 다투어 변명하였으나, 공은 홀로 말을 하지 않고 손으로 키를 가리켜 보였는

---

31 묘정廟廷: 공로 있는 신하가 죽은 뒤에 종묘제사에 부제祔祭하던 일.
32 춘주春州: 평주平州의 오류인 듯하다. 평주는 황해도 평산平山의 이칭이다.
33 황고: 이곳의 황皇자는 조상을 높여서 부르는 말이다.

데, 키가 미치지 못하는 것이 과연 한 자 가량이 되었다.

원씨가 남다르게 여겨 말하기를,

"우리 가문을 일으킬 자는 반드시 저 아이일 것이다."

하였다. 13세에 처음으로 《서경書經》을 읽고 큰 뜻을 품어 학문에 힘쓰기를 게을리하지 않았다. 17세에 경오년(1390, 공양왕 2)의 진 사시와 생원시에 합격하고, 계유년(1393, 태조 2)에 병과丙科에 급 제하였다. 평양백平壤伯 조趙 문충공文忠公 조준趙浚[34]이 한번 보고 대단히 칭찬하며 말하기를,

"재상감이다."

고 하였다.

을해년(1395, 태조 4)에 조정에서 선발되어 한림翰林에 제수 되었다. 태조가 실록을 보려고 하자, 공이 상소를 올려 불가함을 논쟁하니, 태조가 그만두었다. 경진년(1400, 문종 2)에 사헌부 감 찰에 제수되고, 문하습유門下拾遺로 옮겼으며, 형조와 호조의 좌랑 을 역임하였다. 지방으로 나가 충청도도사가 되고, 얼마 후에 지인 주사知仁州事가 되었다. 임기를 채우고 사간원 헌납에 제수되었으

---

34 조준趙浚: 고려 말기·조선 전기의 문신(1346~1405). 자는 명중明仲, 호 는 우재旰齋·송당松堂. 이성계를 추대한 공으로 부원군에 봉하여졌다. 과전법을 실시하여 토지제도를 정비하였으며, 하륜 등과 함께 《경제 육전》을 편찬하였다. 저서에 《송당집松堂集》이 있다.

며, 여러 번 옮겨 이조정랑 겸 의정부검상吏曹正郎兼議政府檢詳에 이르고, 규례에 따라 사인舍人으로 승진하였다. 사인을 거쳐 예문관제학에 제수되고, 예문관제학을 거쳐 판승문원사判承文院事가 되었다. 계사년(1413, 태종 13)에 사간원우사간대부 겸 춘추관편수관 지제교司諫院右司諫大夫兼春秋館編修官知製教에 발탁되었다.

공이 간원에 있을 적에, 일 처리하는 것은 바람이 일 정도였고, 아는 것은 모두 말하였다. 각 품계에 서사법署謝法[35]을 행할 것을 청하니, 여론이 훌륭하게 여겼다. 당시 의정부의 서사署事[36]는 권한이 대신에게 있는 것이었다. 공이 상소하여 그 불가함을 극력 간하였는데, 내용이 몹시 간절하였다.

태종이 직접 상소를 읽고 좌우를 돌아보며 말하기를,

"하찮은 유생이 일의 본질도 모르고 대신이 권력을 마음대로 부린다고 함부로 말하는구나."

하였으나, 공은 논변을 굽히지 않았다. 대신이 모두 두려워 다리를

---

35 서사법署謝法: 관원을 임명할 때에 대간臺諫의 서경署經을 거쳐 임명하는 것을 말한다. 고려시대에 시행되던 법이었으나 조선시대에 와서 태조가 4품 이상의 관원을 임명할 때에는 서사를 거치지 않고 교지敎旨로 임명하는 관교官敎를 사용하도록 하였다. 태종 때부터 관교를 폐지하고 서사를 행해야 한다는 논의가 있었다. 《太宗實錄 13年 11月 4日》

36 서사署事: 조선시대에, 육조의 소관사무 가운데 의정부에 보고된 것을 세 의정議政이 함께 의결하던 일.

떨었는데, 얼마 안 있어 의정부 서사를 혁파하였다.

갑오년(1414) 원일元日에 태종이 내전內殿에서 공정왕恭靖王께 연회를 올리고, 대신에게는 의정부에서 연회를 베풀어주었다. 내전에서 연회를 마치고 태종이 공정왕을 궐문 밖까지 전송하는데, 의정부에서 한창 연회 중이라 음악소리가 울려 어소御所에까지 들렸다. 공이 불경하다는 이유로 탄핵하자 대신이 아뢰기를,

> "신들은 군주의 하사를 받아 한껏 즐기는 것을 영광으로 여겼는데, 간관이 불경하다는 이유로 논핵하였으니, 황공한 마음으로 대죄합니다."

고 하여, 말이 자못 공을 공격하였고, 사헌부에서도 안 된다고 하였다. 상은 비록 공의 말을 옳다고 생각하였으나, 대신의 주장을 거스르기 어렵게 여겨 마침내 공의 직임을 체차하였다.

공이 강직함으로 여러 번 대신을 꺾으니, 시론이 옳게 여겼으며, 상이 항상 말하기를,

> "신개는 간신諫臣의 풍모가 있다."

하였다. 4월에 발탁되어 예조참의에 제수되고, 얼마 후 병조로 옮겼다. 겨울에 이르러 가선대부에 오르고 충청도관찰사가 되었다. 이때 옥에 갇힌 죄수 7인이 무고誣告를 입고 사형될 처지였는데, 사람들이 모두 원통함을 들어 말하였다. 공이 이에 다시 조사하여 바

로잡아 원통함을 풀어주니, 사람들이 그의 명철함에 탄복하였다. 소환되어 한성부윤에 제수되고, 공조참판과 집현전 제학으로 옮겼다.

정유년(1417, 태종 17)에 황태자皇太子 절일사節日使로서 중국에 다녀왔고, 8월에 모친상을 당하였다. 상기를 마치고 여러 차례 부름을 받았으나 부친이 연로함을 이유로 사양하였다. 경자년(1420, 세종 2)에 부친상을 당하였다. 임인년(1422)에 세종이 불러 황해도관찰사에 제수하였다. 이때 온 도내에 흉년으로 굶어죽는 백성이 많았다. 공이 직접 곡식과 음료와 옷가지를 챙겨 마을을 드나들며 궁핍한 사람들을 구휼하니, 백성이 이에 힘입어 목숨을 보전하였다.

갑진년(1424)에 가의대부에 가자加資[37]되고 진주목사晉州牧使로 나갔다가 얼마 안 되어 병으로 사임하였다. 을사년(1425)에 경상도관찰사에서 소환되어 형조참판에 제수되었으나 어떤 사건으로 벼슬이 깎여 강음현감江陰縣監이 되었다. 경술년(1430, 세종 12)에 자헌대부 좌군도총제 겸 전라도관찰사左軍都摠制兼全羅道觀察使

---

37 가자加資: 조선시대에, 관원들의 임기가 찼거나 근무성적이 좋은 경우 품계를 올려주던 일, 또는 그 올린 품계. 왕의 즉위나 왕자의 탄생과 같은 나라의 경사스러운 일이 있거나, 반란을 평정하는 일이 있을 경우에 주로 행하였다.

에 제수되고, 7월에 관찰사의 직임을 그대로 띤 채 예문관 대제학으로 옮겼다. 신해년(1431)에 사헌부 대사헌에 제수되었는데, 바른말을 거침없이 하여 헌신憲臣의 체모가 있었다. 중군도총제 수문전제학 세자우빈객中軍都摠制修文殿提學世子右賓客으로 자리를 옮겼다. 갑인년(1434) 겨울에 사은사謝恩使로 중국에 다녀왔다. 을묘년(1435) 봄에 정헌대부에 가자되고 형조판서가 되었다가 얼마 안 되어 병으로 사임하고, 중추부사 보문각대제학中樞府事寶文閣大提學으로 옮겼다가 9월에 형조판서로 복직되었다.

병진년(1436) 4월에 의정부우참찬 지춘추관사 세자우빈객議政府右參贊知春秋館事世子右賓客에 제수되어 곧바로 《고려사高麗史》를 편수하라는 명을 받았다. 6월에 숭정대부 찬성사贊成事로 승진하였다. 이때 파저강婆猪江의 야인野人 이만주李滿住[38]가 변경에서 문제를 일으켰다. 조정에서 한창 처치함을 논의 중이었는데, 공이 상소하여 정벌하기를 청하면서 주책籌策을 다 갖추어 아뢰니, 상이 대단히 좋은 계책으로 여겨 받아들였다.

---

38 이만주李滿住: 우리나라 북쪽 변방을 자주 약탈하던 건주위建州衛 야인野人의 추장酋長. 세조世祖 13년에 명나라는 건주위의 야인을 토벌하고자 우리나라에 협격挾擊을 요청하여 왔다. 이때 세조는 강순康純·어유소魚有沼 등에게 출정을 명하였다. 강순 등은 군사 1만을 거느리고 가서 건주위의 여러 성을 치고 이만주 부자父子를 죽이고 돌아왔다.

세종 재위 30년 동안 정치에 정성을 쏟고 예악을 제정하며 문치文治를 닦고 무치武治를 억제하니, 조정이 크게 다스려졌다. 공이 의정부에 재직할 때 위에서 한창 공법貢法과 축성築城과 모민募民의 일에 신경을 집중하고 있어서 모두 기무機務[39]가 많았으므로 자주 공을 내전으로 불러 일을 논의하였는데, 공의 응대가 자세하고 민첩하며 논의가 정밀하고 절실하니, 상이 모두 의지하여 맡기었으며, 은총을 내림이 나날이 높았다.

옛 제도에는 삼공三公이 압반押班[40]하여 개인開印[41]하는 곳에 찬성贊成 아래는 참석하지 못하였는데, 이에 이르러 처음으로 찬성을 명하여 삼공이 유고有故할 경우 대행하도록 하고, 또 승지를 보내 집으로 가서 일을 논의하게 하니, 대개 총애했기 때문이다.

무오년(1438)에 판이조사 세자이사判吏曹事世子二師를 겸하였다. 기미년(1439)에 숭록대부로 자급이 올랐다. 6월에 특명으로 대광보국숭록대부大匡輔國崇祿大夫 의정부우의정 영집현전경연사 감춘추관사議政府右議政領集賢殿經筵事監春秋館事에 제수하였으나 공이 사양하여 말하기를,

---

39 기무機務: 밖으로 드러나지 않게 비밀을 지켜야 할 중요한 일.
40 압반押班: 조선시대에, 조회나 중요 행사에서 벼슬아치의 서열에 따라 자리할 위치를 정돈하고, 위계질서를 감찰하는 일.
41 개인開印: 관아에서 연말에 사무를 마무리하고 넣어둔 관인官印을, 연초에 다시 사무를 시작하면서 꺼내던 일.

"신은 전쟁터에서 이룬 공로도 없고 지략도 얄팍합니다. 중임을 감당할 수 없으니, 사직을 청합니다."

하니, 상이 이르기를,

"이것은 내 뜻이 아니라 태종의 유교遺敎이다."

하였다. 가을에 별시別試를 주관하여 최경신崔敬身 등 15인을 뽑았다.

경신년(1440, 세종 22)에 세자부世子傅를 더하였다. 신유년(1441)에 예위禮圍(과거시험)를 주관하여 이석형李石亨 등 33인을 뽑았다. 겨울에 벼락이 친 변고로 사직하였으나, 윤허하지 않았다. 계해년(1443)에 나이가 70세이므로 사직하였으나, 또 윤허하지 않았다. 갑자년(1444) 여름에 궤장几杖을 하사하였다. 을축년(1445)에 좌의정으로 오르고, 겨울 10월에 병에 걸렸다. 상이 의원을 보내 진료하게 하고 귀한 약을 끊임없이 내렸으나 백약이 무효하였으니, 마침내 별세하였다. 부고를 듣고 상이 매우 슬퍼하여 3일간 조회를 정지하고 부의를 더 많이 내렸다. 왕세자 역시 부의하고 치제致祭하니, 공의 애영哀榮이야말로 지극하다 할 만하다.

공은 타고난 품성이 명민한 데다 학문이 정밀하고 자세하며, 단정하고 방정하여 지킴이 있고, 청렴하고 고결하여 화려함이 없었다. 처음 벼슬길에 나설 때부터 중앙 관직과 지방 관직을 두루 거치면서 관직의 일을 함에 있어서 시행하면 불가한 것이 없었다. 대간에 재직하면서는 봉장封章과 항소抗疏가 옛날 훌륭한 쟁신爭臣의 풍모가 있었고, 육경六卿의 우두머리 자리에 있을 적에는 정무政務의 처리가 너그럽고 간략하면서도 대체를 지녔으며, 의정부에 들어가서는 끊임없이 국사를 마음으로 삼아 아침에 헤아리고 저녁에 생각하며, 옳은 것을 시행하도록 아뢰고 그른 것을 폐지하도록 아뢰며, 크게 의견을 올리면 말은 들어주고 계책은 시행되어 태평한 시대를 아름답게 장식하였으니, 공이 재상이 된 것은 옛 훌륭한 사람에게 비겨 부끄러울 것이 없을 만하다.

집안 살림에는 청렴하고 고결하여 뇌물이나 청탁이 행해지지 않았으며, 평생 한 번도 불교에 혹한 적이 없었고, 상례喪禮와 제례祭禮는 일체 《가례家禮》를 따랐다. 친척과 오랜 벗을 지성으로 대하였으며, 하인들에게 잘못이 있어도 매질을 가하지 않았고 자제들조차도 말과 낯빛을 조급하고 갑작스럽게 바꾸는 것을 본 적이 없었다. 일찍이 '언충신 행독경 소심익익 대월상제言忠信行篤敬小心翼翼對越上帝'[42] 14자를 써서 세 아들에게 보이고 가르치기를,

---

42 언충신 행독경 소심익익 대월상제言忠信行篤敬小心翼翼對越上帝: '언충신 행독경'은 《논어》〈위령공衛靈公〉에 나오는데 "말은 충성스럽고 믿음직하게 하며, 행실은 독실하고 공경스럽게 한다."라는 뜻이고, '소심익익'은 《시경》〈대명大明〉에 "오직 이 문왕이 조심조심하여 공손하고 삼간다. (維此文王, 小心翼翼.)"에서 온 말로 조심하고 공경한다는 뜻

"사군자士君子의 마음은 마땅히 이것을 목표로 삼아야
할 것이다."

하였다.

　문장 짓는 것은 고상하고 고풍스러우며 간결하였고, 사부詞賦
를 좋아하지 않았다. 조정에 오른 뒤로 소장疏章과 주의奏議를 전후
로 수백 통 올렸는데, 말을 꾸며 미화한 것은 없고 모두 시무時務에
적절한 내용이었다. 다만 공명功名과 정사政事에 가려 사람들이 기
릴 겨를이 없었을 뿐이다.

　저술한 시문詩文 몇 권이 있다. 이하 가정사에 대한 기록은 생
략한다.

　다음과 같이 명銘[43]을 읊는다.

　　維岳降神 / 산악에서 신령함을 내려보내어

　　寔生偉人 / 위대한 인물 태어났도다.

　　猗歟文僖 / 거룩하다 문희공이여!

　　爲國藎臣 / 나라의 충성스러운 신하가 되었도다.

　　公有所蘊 / 공은 쌓인 내공이 있었는데

　이며, '대월상제'는 주자朱子의 〈경재잠敬齋箴〉에 나오는데, "상제를 대
　하듯 한다."라는 뜻으로 경敬을 중시하는 말이다.

43 명銘: 금석金石, 기물器物, 비석 따위에 남의 공적을 찬양하는 내용이
　나 사물의 내력을 새김, 또는 그런 문구. 흔히 한문 문체 형식으로 하
　는데, 대개 운韻을 넣어 넉자가 한짝이 되어 구句를 이루게 한다.

公遇其時 /공은 때를 만났으니

大展厥才 /크게 그 재주 펼쳐

乃設乃施 /바로 베풀고 시행하였도다.

諫諍諤諤 /바르고 강직한 간쟁은

古之遺直 /옛사람의 강직함이 있으니

匪躬謇謇 /자기 몸 때문에 국난에 힘을 다한 것이 아니라

王臣之節 /왕의 신하로서의 절개이리라.

進宅百揆 /나아가 총재의 자리에 있으니

功存納麓 /공이 납록納麓[44]에 있고

啓沃獻替 /임금을 계도하고 가부를 아뢰니

蔚有嘉績 /아름다운 공적이 성대하도다.

柱石其重 /그 중함은 바로 주춧돌과 같으며

蓍龜其神 /그 신령스러움은 바로 시귀와 같았도다.

我思古人 /나 스스로 옛사람을 생각하여

鑑亡言存 /거울은 없어졌으나 말은 남아있도다.

---

44 납록納麓:《서경》〈순전舜典〉의 '납우대록納于大麓'에서 나온 말로, 울
창한 산속으로 들어가게 하였다는 뜻이다. 요堯임금이 신하인 순舜
에게 국정을 맡기기 전에 시험한 방법 중 하나인데, "세찬 바람이 불
고 천둥 치고 비가 내리는 속에서도 방향을 잃지 않았다(烈風雷雨 弗
迷)." 하였다. 이에 대해 주자는 '비상非常한 변고를 만났으나 두려워하
지 않고 상도常道를 잃지 않은 것은 참으로 총명하며 성실하고 지혜롭
기 때문'이라고 해석하여 순의 뛰어난 도량을 표현한 말로 보았다. 여
기에서는 신개가 순과 같은 도량이 있어 총재의 자리에 발탁되었다는
말인 듯하다.

升配太室 / 태실에 올라 배향되니

昭哉厥勳 / 빛나도다. 그 공훈이여!

瞻彼平山 / 저 평산을 바라보니

有蔚古堽 / 울창한 옛 들이로다.

峨峨崇碑 / 높고 높은 비석이여!

渢渢厥聲 / 그 명성 중용에 맞아 성대하도다.

謂我不信 / 나를 믿지 못하겠거든

請觀我銘 / 내가 쓴 비명碑銘 보기를 청하노라.

| 보충 해설 |

　문희공 신개申槩 선생은 신숭겸 장군의 15세손으로 조선 초 세종조에서 좌의정을 역임하면서 성왕인 세종을 도와서 왕정의 기초를 튼튼하게 만든 사람으로 평가할 수 있으며, 죽은 뒤에는 세종의 묘정廟廷[45]에 배향되는 영광을 얻었으니, 관료로서 최고의 영광을 누렸다고 할 만하다.

　사임당은 공의 고손녀가 되니, 왕정시대에 좌의정을 배출한 집안에서 태어났으므로, 우선 조상의 유덕遺德이 많은 집안에서 태어난 것만은 확실하다.

---

45 묘정廟廷: 공로 있는 신하가 죽은 뒤에 종묘제사에 부제祔祭하던 일.

우리 역사에서 가장 정치를 잘한 임금을 꼽으라고 한다면 누구나 단연코 세종대왕을 꼽을 것이다. 세종의 치세가 32년 인데, 좌의정 신개는 세종 1년부터 28년 때까지 고관으로서 왕을 지근에서 모셨으니, 세종의 정치적 성공에 신개의 공로가 적지 않음을 알 수가 있다. 공자는《주역》곤괘坤卦 문언文言에서,

"착한 일을 많이 쌓은 집안에는 후손에게 반드시 남은 경사가 있다.〔積善之家, 必有餘慶.〕"

라고 하였으니, 이곳 신개 선생이 28년간 세종을 도운 공로는, 곧 당시 백성들이 편안하게 살아갈 수 있도록 하는데 많은 공로가 있는 것이니, 이는 위에 게시한 공자님의 말씀대로 훌륭한 후손이 나올 수 있는 단초를 마련한 것은 확실하다고 할 것이다.

3

×××

진외고조부 최치운崔致雲 공

공의 자字는 백경伯卿이고, 호號는 조은釣隱이니, 강릉 사람이다. 좌윤左尹 원량元亮의 손자이니, 태종 정유년(1417)에 생원시에 합격하고 문과에 급제하였으며, 이조참판에 이르렀다.

일찍이 일이 있어서 연경에 들어갔고, 일을 마치고 돌아오니, 공로를 논의하여 전결田結(토지)과 노비를 하사하니, 치운이 고사固辭하면서 받지 않고 기쁜 마음으로 집에 돌아와서 그 아내에게 일러 말하기를,

"나는 오늘 임금의 청함을 얻었다."

고 하니, 아내가 말하기를,

"임금이 주는 것을 사양하였으니, 복도 없도다."

고 하였다.

공은 평소에 술을 즐겼는데, 세종께서 어찰御札을 써서 주면서 경계시키니, 치운이 그 서찰을 벽의 좌우에 붙이고 출입하면서 보고 성찰하였다. 그러나 밖에 나가서 크게 취하여 집에 돌아와서 쓰러지는지라, 부인이 반드시 공의 머리를 들고서 벽을 가리키며 보게 하였는데, 공이 그때는 아무리 취중이라도 머리를 상에 부딪치며 머리를 숙이고 사죄하는 모습을 취하였다.

술이 깨어서는 말하기를,

　　"내가 임금의 은혜에 감복하여 술을 조심하려고 마음
　　먹고 있으나, 술자리만 가면 갑자기 앞의 경계를 잊어버리고
　　취하게 된다."

하더니, 마침내 공은 술로써 병이 들어 겨우 51세가 넘은 나이에 죽었다. 왕이 매우 슬퍼하여, 그의 장사를 관官에 명하여 치르게 하였다.

| 보충 해설 |

최수운 선생은 신사임당의 진외가의 고조할아버지가 됩니다.

어째서 최수운 선생의 글이 이곳에 들어왔는가 하면, 사

임당의 어머니인 용인이씨의 외증조부가 되기 때문입니다.

원래 사임당의 어머니 용인이씨는 외조부 참판 최응현崔
應賢 공의 집에서 자랐으므로, 외갓집을 본가처럼 여기는 사
람입니다.

그러므로 용인이씨는 외가의 선조를 본가의 선조처럼 여
기고 살아온 사람입니다. 그렇기에 어머니 최씨가 병마에 걸
려 돌아가시었는데, 장모님의 상喪에 서울에서 내려오던 남
편이 여러 날을 걸어오다가 그 노독路毒으로 말미암아 중병에
걸려서 고생한 끝에, 상갓집에 도착했을 때는 이미 죽을 지경
이 되어서 겨우 숨만 쉬고 있는 형편이었으니, 사임당의 어머
니 이씨는 어머니가 돌아가셔서 슬픔 속에 있는데, 남편마저
병에 걸려서 죽을 지경이 되어서 겨우 숨만 쉬고 있으니, 어쩜
남편도 잃을 수 있겠다 생각한 끝에 남편을 살려야 한다는 일
념으로, 7일 동안을 금식하면서 기도하였으나 응답이 없자,
마지막에는 손톱을 깎고 단도를 꺼내어 중지를 자르면서 명
재상인 외증조부 최치운 공의 묘소 앞에서 남편을 살려달라
고 간절히 기도하였다. 기도를 마치자마자 하늘에서 뇌성벽력
이 치는 중에 하늘의 응답을 받았으니, 이씨는 아마도 외가의
기운을 많이 받고 태어난 사람일 것입니다.

필자의 생각에는 용인이씨가 고관인 외할아버지와 외증

조할아버지를 무척 많이 의지하면서 자랐기 때문에, 지금처럼 위급한 상황에서는 의지할 곳이 외증조부 묘소밖에 없을 것으로 생각하고 그 묘지 앞에서 간절히 기도하여 결국 남편의 병환이 낫는 기적을 이뤘지만, 이는 외증조부의 응답이라기보다는 이씨가 7일 주야에 걸쳐 기도하였으나, 응답이 없자 손톱과 발톱을 깎고 단도로 중지까지 자르면서 의연하게 기도를 올렸기 때문에 하늘에서 이를 알고 신선을 내려보내어 남편 신공을 낫게 한 것이 아닌가 하고 생각합니다.

그러므로 용인이씨의 외증조부인 최치운 공의 기사를 본 책의 "신사임당 선대의 기록"에 넣었으니, 아마도 최공의 음덕이 사임당의 어머니 이씨에게 전해지고, 그리고 다시 신사임당에게까지 전해지지 않았겠는가! 하고 조심스럽게 생각합니다.

4

×××

진외증조고 최응현崔應賢 비명碑銘

이이李珥가 지었다

가정嘉靖 갑자년(1564, 명종 19) 겨울에, 이珥(율곡)는 외조모님을 찾아뵙고 임영臨瀛(강릉)에 있었는데, 최수쟁崔壽崝 공이 이珥에게 말하기를,

"묘지에 비碑가 있은 지 오래되었다. 숙부 참판공이 일찍이 조고祖考를 위하여 비명碑銘을 진주인 강혼姜渾[46]에게

---

46 강혼姜渾: 조선 전기에 우찬성, 판중추부사 등을 역임한 문신. 본관은 진주晉州. 자는 사호士浩, 호는 목계木溪·동고東皐. 강우덕姜友德의 증손으로, 할아버지는 집의 강숙경姜叔卿이고, 아버지는 강인범姜仁範이며, 어머니는 호군 여인보呂仁甫의 딸이다. 김종직金宗直의 문인이다. 1483년(성종 14) 생원·진사 양시에 합격하고, 1486년 식년문과에 병과로 급제하여 호당湖堂에 들어가 사가독서함으로써 문명을 떨쳤다. 1498년(연산군 4) 무오사화가 일어나자, 김종직의 문인이라 하여 장류杖流되었다가 얼마 뒤 풀려났다. 그뒤 연산군에게 문장과 시로써 아부하여 그 총애를 받고 도승지에 올랐다. 1506년 중종반정을 주동하

구하여 몸소 비석에 새기다가 절반을 새기지 못하고 돌아가
셨는데, 비문이 불에 탔으니, 조고의 비석을 시작한 지가 거
의 60년인데, 비가 없으니 내가 죽으려고 해도 눈을 감지 못
하겠다. 그대 또한 외손이니, 오늘 그대에게 비문이 없는 것
을 붙일 것이니, 원컨대 그 실제에 뜻을 두고 써라."

고 하므로, 이퇴는 사양하였으나, 비문을 지을 수밖에 없었다.

삼가 생각하면, 최씨는 진실로 강릉의 대성大姓이다.

공의 휘는 응현應賢이고, 자는 보신寶臣이며, 고려중대광高麗重
大匡이고 경흥부원군 필달慶興府院君必達의 후손이니, 원나라 세조
가 고려에게 '일본을 정벌하라'고 하였을 적에 휘 한주漢柱의 종군從
軍이 되어 바다에 떠있을 적에 구풍颶風(회오리 바람)을 만나서 철로
된 닻줄을 바닷속 바위틈에 매었는데, 바람에 닻줄이 끊어지려 하
고 뱃사공은 기운이 다하려고 하였다. 이에 한주漢柱가 향을 피우

던 박원종朴元宗 등이 죽이려 하였으나, 영의정 유순柳洵의 주선으로
반정군에 나가 목숨을 빌고 반정에 가담하여, 그 공으로 병충분의결
책익운정국공신秉忠奮義決策翊運靖國功臣의 훈호勳號를 받고 진천부원
군晉川府院君에 봉해졌다. 그뒤 대제학·공조판서를 거쳐 1512년(중종
7) 한성부판윤이 되고, 이어 숭록대부에 올라 우찬성·판중추부사에까
지 이르렀다. 시문에 뛰어나 김일손金馹孫에 버금갈 정도로 당대에 이
름을 떨쳤다. 그러나 명리를 지나치게 탐냈다. 특히 연산군 말년 애희
愛姬의 죽음을 슬퍼한 왕을 대신하여 궁인애사宮人哀詞와 제문을 지은
뒤 사림으로부터 질타의 대상이 되었고, 반정 후에도 홍문관으로부터
폐조의 행신倖臣이라는 탄핵을 받았다. 저서로『목계일고』가 있다. 시
호는 문간文簡이다.

고 하늘에 고하기를,

　　　　"저 한 몸으로서 여러 목숨을 대신하기를 원합니다."

고 하고 기도를 마치고 쇠망치를 잡고 박힌 못에 들어가서 바위를
잡고 닻줄을 빼내니, 드디어 몸은 위로 솟아올랐고 배는 파손되어
이미 간 곳을 알 수가 없었다. 그러나 물에 떠있는 판자가 있어서
죽지는 않았다. 혹 전설에는 자라의 등에 타고 육지에 올랐다고 운
운하였으니, 이는 향인鄕人이 세운 비석의 기사이니, 오늘날에도
울진현에 있다.

　　최씨가 세상에 나타남은 이때가 처음이니, 공은 이분의 5대손
이다. 증조의 휘는 원량元亮이니, 관직이 삼사의 좌윤에 이르고 증
직으로 이조참의이며, 조祖의 휘는 안린安麟이니, 증직으로 병조참
판이며, 고考의 휘는 치운致雲이니, 재상의 재목으로서 세종의 알
아줌을 만났으나, 크게 쓰임에는 미치지 못하고 이조참판을 역임
하고 졸하였다. 선비先妣는 정부인 함씨이니, 삼사좌윤三司左尹인
휘 승우承祐의 손자이고 현령 휘 화華의 여식이니, 선덕宣德 무신년
(1428) 4월 3일에 공을 낳았다.

　　공은 나면서 총명하였으니, 어린 나이에 책 읽기를 즐거워하
였고, 장난치며 노는 것을 좋아하지 않았으니, 다른 아이들과는 달

랐다.

정통 경신년(1440)은 공의 나이 13세인데, 부친상을 당하여 애훼哀毁하면서 예를 다하였고 몸소 메를 올리니, 시골에서 효자라 칭하였으며, 상복을 끝내고 한결같은 뜻으로 학문에 정진하였으며, 무진년(1448)에 사마司馬 두 시험에 합격하고 경태景泰 갑술년(1454)에 대과에 을과 1인으로 급제하여 승문원 부정자에 보임되었는데, 공은 어머니께서 고향에 계시기 때문에 서울에 있는 관직에는 취임하지 않았고 항상 강릉의 훈도에 보임되었는데, 전례에 따라 저작著作, 박사博士, 성균관 전적에 올랐으나, 모두 사은謝恩[47]하고 곧 고향으로 돌아왔다.

교수에 보임하기를 요구하면서 여러 번 임금이 불렀으나 부임하지 않았고, 임오년(1462)에 강원도도사에 제수되었는데, 1년이 지나니, 공은 어머니를 봉양하기 위하여 지방의 직책을 요구하였다.

고성과 영월 등 두 군수를 역임하면서 많은 선정을 폈으니, 영월의 백성들이 1년을 더 근무하기를 원하였는데, 직장의 만기가 다되어서 고향으로 돌아왔다. 성균과 사성司成에 제수되었는데, 또 취임하지 않았고, 성화 경자년(1480)에 어머니 상을 당하여 3년을 여묘廬墓 살면서 한 번도 집에 이르지 않았고 너무 시훼柴毁[48]하여

---

47 사은謝恩: 받은 은혜에 대하여 감사히 여겨 사례함.

거의 죽을 지경에 이르렀다. 상복을 마치려고 할 적에 대신이 모두 그의 어짊을 천거하였다.

계묘년(1483)에 사헌부 집에 올려서 제수하였는데, 공이 고사固辭하니, 사성司成으로 고쳐서 제수하였고, 얼마 있다가 다시 집에 제수하였다.

예빈시와 봉상시 등 두 곳의 정正[49]을 거쳤는데, 송도에 의옥疑獄이 있어서 오래도록 해결이 되지 않았는데, 특별히 공을 추문推問[50]으로 보냈다. 공은 세밀하게 분석함이 명쾌하였으니, 성종의 묘정에서 아름답게 여기고 안마鞍馬[51]를 하사하였다.

정미년(1487) 겨울에 호남에서 수적水賊[52] 90여 인을 잡았는데, 또 공을 파견하여 다스리게 하여 모두 그 실정에 맞게 처리하니, 이조참의에 올려서 제수하였고, 무신년(1488)에 동부승지에 제수되었으며, 그리고 예조참의로 옮겼고, 또 충청도관찰사에 올려 제수하면서 교유敎諭하기를,

"고어古語에서 이르기를, '충신은 효자의 가문에서 구한

---

48 시훼柴毁: 상을 당하여 너무 슬퍼하여 몸이 몹시 여윔.《주역》설괘說卦의 괘상卦象에 의하여 시柴에 척瘠의 뜻이 있음.

49 정正: 조선시대에, 여러 관아에 둔 정삼품 당하관 벼슬.

50 추문推問: 죄상을 추궁하여 심문함.

51 안마鞍馬: 안장을 얹은 말.

52 수적水賊: 바다나 큰 강에서 남의 재물을 강제로 빼앗아가는 도둑.

다.'고 하였으니, 생각건대, 경은 학문을 쌓고 재목을 기르면서 영달하여 나감을 구하지 않고 몸을 조신하고 날을 아끼면서[53] 지방의 직책에 의탁한 해가 20여 년이 되었으니, 이미 그 효도를 다했으니, 이제는 충성을 다해야 하지 않겠는가! 이에 나는 공을 돌아보면서 변함없이 더해주는데, 경은 의당 나를 본받아서 마음을 다하여 보답하기를 도모하라."

고 하였다. 기유년(1489)에 대사헌에 제수되었고, 신해년(1491)에 동지중추부사로 옮겼으며, 조금 있다가 경주부윤에 제수되었고, 갑인년(1494)에 동지사同知事에 제수되었으며, 한성부 좌윤을 거쳐서 정사년(1497)에 다시 대사헌에 제수되었고, 무오년(1498)에 임금의 뜻을 거슬러서 파직되어서 고향으로 돌아왔고, 경신년(1500)에 다시 우윤에 제수되었으며, 대사헌을 거쳐서 공조와 병조의 참판이 되었고, 을축년(1505)에 강원도관찰사에 제수되었는데, 늙었다는 이유로 사양하니, 고쳐서 형조참판에 동지성균관사 오위도총부 부총관에 제수되었으며, 정묘년(1507) 윤 정월 초 5일에 병으로 본집에서 졸하니, 향년이 80이었다. 4월에, 강릉의 조산 모좌 모향의 언덕에 장사하였으니, 선영을 따른 것이다.

---

53 날을 아끼면서: 한나라 양웅揚雄의 《법언法言》〈효지孝至〉에 "이 세상에서 오래 가질 수 없는 것은 어버이를 모실 수 있는 시간이다. 따라서 효자는 어버이를 봉양할 수 있는 동안 하루하루 날을 아낀다.〔不可得而久者, 事親之謂也. 孝子愛日.〕"라는 말이 나온다.

공의 품성은 아름답고 빛났으니, 집에 살면서는 효도하고 우애하였으며, 관직의 일에 임해서는 정미하고 밝게 살피고 청렴함을 자신의 계율로 삼았으며, 집에서는 시를 짓지 않았으며, 어머니를 섬김에는 잠시라도 곁을 떠나지 않고 감지甘旨(맛 좋은 음식)는 반드시 나의 손을 거쳐서 올렸으니, 남에게 시키는 것은 어려움이 되기 때문이었다.

아래의 자손에 관한 사항은 생략한다.

명銘을 읊는다.

維天畀人 /하늘이 사람에게 부여한 것은

日孝與忠 /효도하고 충성하는 것이라네.

孰念厥初 /누가 그 처음을 생각할까!

帝則是從 /하늘의 법칙을 따라야 한다네.

烝烝我公 /증증烝烝[54]한 우리 공은

奉以周旋 /주선하면서 받들었다네.

幹母之蠱 /어머니의 일을 주관하면서

愛日知年 /자식은 세월을 아끼고 부모의 연세를 알았다네.

無人倚閭 /문에 기대어 바라볼 사람 없으니

委身官家 /몸을 관가에 맡기었다네.

聲聞于天 /명성이 대궐에 들리니

---

54 증증烝烝 : 순수한 모양.

寵光有加 / 임금의 총애 더함이 있다네.

孝旣無憾 / 효도 이미 한恨 됨이 없는데

忠亦盡職 / 충성 또한 직분 다하였다네.

綿綿瓜瓞 / 면면한 과질瓜瓞[55]인데

景命有僕 / 하늘의 큰 명이 따른다네.

瞻彼助山 / 저 조산을 보라

是焉幽宅 / 이곳이 유택이라네.

孝孫有慶 / 효도하는 자손에 경사 있나니

螭頭是矗 / 비석이 가지런히 보인다네.

本厚源深 / 근본은 두텁고 근원은 깊으니

未艾其福 / 끊이지 않은 복이라네.

| 보충 해설 |

　강원도 강릉에 사는 최응현 공은 사임당의 진외가 증조부
이다.

　공은 26세에 문과의 을과 1등에 합격하였는데, 직장이 대
궐 안에 있는 승문원 부정자에 제수되니, 강릉에 계신 어머니
를 모셔야 한다는 생각에 임지로 가지 못한다고 말하고 강릉
부에 있는 훈도訓導에 부임하였다고 하며, 어머니가 살아계실

---

55 면면한 과질瓜瓞: 오이 덩굴이 끝없이 뻗어나가 주렁주렁 열리는 것처
　럼 자손이 번창하는 것을 뜻한다. 《詩經 大雅 綿》

적에는 계속 강릉부에 있는 한직에 근무하면서 홀로되신 어머니를 봉양하였으니, 이는 임금도 알아주는 효자였다.

어머니께서 돌아가시니, 서울로 올라가서 내외의 직책을 두루 거친 뒤에 관직이 형조참판에까지 승진하였다.

예부터 '집에서는 효도하고, 벼슬을 하면 충성한다.'고 하였는데, 공은 어머니가 강릉에 계실 적에는 서울에 아무리 좋은 자리가 있어도 부임하지 않았으니, 이는 진정 사심 없는 효자의 행위이다.

공의 차녀가 생원인 용인이씨 이사온李思溫에게 출가하였으니, 이 차녀 최씨가 사임당의 외할머니가 된다. 강릉의 오죽헌은 차녀 최씨의 소유인데, 최씨가 뒤에 자녀들에게 상속한 집이다.

사임당의 어머니 용인이씨는 어머니의 친정인 강릉최씨 집에서 출생하고 자랐다고 하니, 성씨는 비록 다르지만, 실상 강릉최씨의 기운을 받아서 사임당에게 전해준 사람으로 봐야하고, 용인이씨가 외할아버지인 참판 최응현 공의 효도를 신씨의 가문에 전해준 사람으로 본다면, 사임당은 강릉최씨의 효도와 부자가 연이어 대과에 급제한 그 총명함을 전수받았다고 봐야 한다.

5

×××

외조비 이씨 묘지명

외손자 율곡 이이李珥가 썼다

이씨는 망족望族인 용인이씨이다.

선대에 휘諱[56] 유약有若이 있으니, 관직은 삼수군수이고, 군수가 휘 익달益達를 낳으니, 직위는 전라도병마우후이며, 우후虞侯[57]가 휘 사온思溫을 낳으니, 생원으로 벼슬길에 나가지 않았고, 참판 휘 최응현崔應賢의 여식에게 장가들었다.

참판은 어진 가법이 있었으니, 최씨는 여성이 지켜야 할 규범을 수정修整[58]하고, 성화 경자년(1480) 음력 정월 24일에 이씨를 낳

---

56 휘諱: 죽은 사람의 이름을 말할 때는 휘諱자를 쓰고, 산사람의 이름을 쓸 때에는 명名자를 쓴다.

57 우후虞侯: 조선시대에, 각 도에 둔 병마절도사와 수군절도사를 보좌하는 일을 맡아보던 무관 벼슬. 병마우후가 종삼품, 수군우후가 정사품이었다.

58 수정修整: 편수하여 정리함.

앞으니, 성품은 온화하고 부드러우며 마음을 흔들리지 않게 잡아매고 순수하고 고요하였다.

어려서 삼강행실도三綱行實圖[59]을 읽고 능히 대의大義를 깨달았으며, 비녀를 올리고 신씨에게 출가하였으니, 곧 진사 휘 명화命和와 결혼한 것이다.

신申씨는 바로 평산의 대성大姓이니, 진사의 증조고는 의정부좌의정 휘 개槩이고, 조고는 성균관대사성 휘 자승自繩[60]이며, 선고는 영월군수 휘 숙권叔權이고, 선비先妣는 남양홍씨이다.

진사는 몸을 단속하여 지키는 사람으로 의義가 아니면 하지 않았다. 연산조에서 단상短喪[61]하라는 명령이 지극히 엄하였으나,

---

59 삼강행실도三綱行實圖: 1434년 직제학 설순 등이 왕명으로 우리나라와 중국의 서적에서 군신·부자·부부의 삼강에 모범이 될만한 충신·효자·열녀의 행실을 모아 편찬한 언행록. 교훈서.

60 신자승申自繩(?~?): 본관은 평산平山. 자는 직부直夫. 대제학 신즙申諿의 증손으로, 할아버지는 종부시령宗簿寺令 신안申晏이고, 아버지는 한림대제학 신개申槩이며, 어머니는 군사郡事 김가명金可銘의 딸이다. 1444년(세종 26) 생원으로 친시문과親試文科에 정과로 급제하고, 사간원좌정언이 되었다. 1451년 정랑이 되었으나 탄핵을 받고 파면되었다. 1452년(단종 즉위년) 사헌부지평司憲府持平을 거쳐, 1453년 예조정랑이 되고 1458년 지사간원사知司諫院事를 역임하였다. 1463년 집의執義를 거쳐 1469년(예종 1) 성균관대사성이 되었으나, 당시 동지사同知事 정백영鄭白英과 사이가 좋지 않아 성균관의 학생들에게 예의를 어지럽힌다는 비판을 받기도 하였다.

61 단상短喪: 삼년상의 기한을 줄여 한 해만 상복을 입는 일.

진사는 친상親喪의 상복을 입고 3년을 애훼哀毁[62]하면서 나라의 법령에 흔들리지 않았다.

기묘년(1519) 사이에 현량과賢良科[63]로 천거하려는 자가 있었는데, 진사가 극력 사양하였다.

진사는 개사介士[64]이고, 이씨는 현부賢婦가 되니, 두 사람의 아름다움이 서로 합하여 예의와 공경을 갖춤이 지극하였다.

정덕 신사년(1521)에 진사는 전염병을 만나서 빈사상태에 빠졌는데, 이씨가 하늘에 기도하면서 손가락을 끊는 등 죽음으로서 맹서하니, 진사의 꿈에 홀연히 신인神人이 나타나서,

"병을 낫게 해주겠다."

고 말하였고, 차녀(신사임당)가 옆에서 모시고 있었는데, 또한 꿈에,

"하늘에서 영약을 내려주겠다."

고 하였으며, 이날 구름이 하늘을 덮고 뇌성벽력을 치며 비가 크게

---

62 애훼哀毁: 부모의 죽음을 슬퍼하여 몸이 몹시 여윔.

63 현량과賢良科: 조선 중종 때에, 조광조 등의 제안으로 경학에 밝고 덕행이 높은 사람을 천거하여 대책對策으로 시험을 보아 뽑던 과거. 기묘사화로 인하여 폐지되었다.

64 개사介士: 기개가 있고 지조가 굳은 사람.

내렸는데, 진사의 병이 드디어 나으니, 이웃 사람들이 그 정성을 기
이하게 여기었고, 이 일을 조정에서 듣고 중종대왕께서 정려旌閭[65]
를 명하고 복호復戶[66]하였다.

다음 해인 임오년(1522)에 진사가 서울에서 졸卒하니, 처음
에는 지평에 장사하였다가 뒤에 강릉 조산의 언덕으로 이장하였
고, 이후에 이씨는 곧바로 강릉에서 살았으니, 이곳은 최씨의 고향
이다.

융경 기사년(1569) 겨울 10월 22일에 병환으로 졸하니, 향년
이 90이었다. 그해 12월 8일에 조산에 장사하였으니, 진사의 묘지
앞이다.

이씨는 아들은 없고 5녀를 두었으니, 장녀는 장인우張仁友에
게 출가하였고, 차녀는 주부主簿 이원수李元秀에게 출가하였으며,
다음은 생원 홍호洪浩에게 출가하였고, 다음은 습독習讀 권화權和에
게 출가하였으며, 다음은 이주남李冑男에게 출가하였고, 모든 손자
는 20여 명이다.

주부主簿는 곧 이珥(율곡)의 선친이니, 이珥는 아들이 없는 외

---

65 정려旌閭: 충신, 효자, 열녀 등을 그 동네에 정문旌門을 세워 표창하던
일.

66 복호復戶: 조선시대에, 충신·효자·군인 등 특정한 대상자에게 부역이
나 조세를 면제하여 주다.

할아버지와 외할머니의 제사를 맡아 지내고 있다.

명銘⁶⁷을 읊는다.

아름다운 규수閨秀⁶⁸가 있으니

얌전하고 정숙하며 부드럽고 의범儀範이 있었다네.

부모님의 가르침을 받들고

집안을 가지런하게 하였다네.

하늘에 보고함이 있는 것은

남편을 잃고 아들이 없음이네.

하늘에 보고함이 없는 것은

수명이 기이期頤⁶⁹함에 이르렀다네.

울창한 조산助山⁷⁰에

남편과 함께 합폄했다네.

아! 후세에 아름다운 이름 남겼으니

백 년이 되어도 없어지지 않을 것이네.

---

67 명銘: 비문의 서문을 쓰고 맨 마지막 부분에 운문韻文으로 읊는 문체를 말한다.

68 규수閨秀: 학문과 재주가 뛰어난 여자.

69 기이期頤: 나이 백 살을 가리키는 말. 《예기禮記》 곡례曲禮 상上에, "백세가 되면 기라고 하고 이때가 되면 부양된다(百年日期頤)." 하였는데, 이는 백세가 된 노인은 음식·거처·생활 등 모든 면에 있어 부양에 의존해야 하기 때문에 이頤라고 한 것임.

70 조산助山: 강릉에 있는 산 이름.

이는 신사임당의 어머니 이씨의 묘지명墓誌銘[71]이니, 이
묘문을 쓴 사람은 외손자인 율곡선생입니다.

이씨는 진사 신명화와 결혼하여 아들은 없고 딸 5명을 두
었는데, 신사임당은 둘째 따님입니다.

진사 신명화 공과 무남독녀인 이씨는 결혼하여 서울에 살
았고, 이씨의 부모님은 강릉에 살았는데, 부친은 일찍 돌아가
시고, 모친 홀로 강릉에 살던 중에 병환에 걸리니, 이씨는 남
편 신명화 공과 상의하여 남편은 서울에서 시부모님을 모시
며 살고, 이씨는 홀로 병마에 걸려있는 어머니가 계신 강릉으
로 내려와서 모친의 환후를 간호하기로 상의하고 드디어 실
행에 옮겼는데, 이렇게 별거한 세월이 무려 16년이나 계속되
었다고 합니다.

결혼한 지 오래되지 않은 나이에 어머니의 병환을 간호하
기 위해서 무려 16년간을 남편과 별거한 것은, 비록 조선시대
라고 하더라도 실행하기 어려운 일인데, 이씨와 사임당의 부
친 신명화 공은 이를 감내하면서 각자 별거하면서 부모님을
모시었다고 하니, 남들이 하지 못하는 큰일을 해낸 것으로, 이

71 묘지명墓誌銘: 묘지에 기록한 글.

는 많은 착한 일을 쌓은 것에 해당한다고 생각합니다.

그렇기에 공자의 말씀에,

"착한 일을 많이 쌓은 집안에는 후손에게 반드시 남은 경사가 있고, 착하지 않음을 많이 쌓은 집안에는 후손이 반드시 재앙을 받게 마련이다.〔積善之家, 必有餘慶, 積不善之家, 必有餘殃.〕"

라는 말씀에 부합이 됩니다. 그러므로 둘째 따님인 신사임당 같은 훌륭한 딸을 두지 않았는가! 하고 생각합니다.

또한 이씨는 남편 신명화 공이 장모의 상喪을 만나, 며칠 동안 서울에서 강릉으로 내려오면서 그 노독으로 병에 걸려서 꼭 죽을 수밖에 없는 몸으로 이씨가 있는 처가에 도착하니, 이씨는 어머니께서 돌아가신 것도 슬픈데, 찾아온 남편까지 병에 걸려서 누워있으니, 이를 타개하는 방법은 하늘에 기도하는 일밖에 없다고 생각하고, 7일간을 잠자지 않고 하늘에 기도하였는데, 하늘의 응답이 없자, 다시 목욕재계하고 손톱을 깎고 작은 단도를 끼고 비장한 마음으로 외증조부 최치운崔致雲 공의 묘소에 가서 절하고, 단도로 왼손 중지를 자르고 기도하여 응답을 받았다고 하니, 이런 행위는 본인이 목숨을 걸고 기도한 것으로 일반인은 감히 생각하지 못할 용기가 있는 행위입니다. 그렇기에 꼭 죽을 수밖에 없는 남편을 살려낼 수가 있었던 것입니다.

　　중국 원황袁黃[72]이 쓴 《요범사훈》이라는 책에는, 원황은 매일 공과격功過格이라는 표를 만들어서 벽에 붙여놓고, 매일 착한 일을 하면 그 공과격에 점수를 표했는데, 일반적인 착한 행위는 1점에서 2점을 주고, 선행의 정도에 따라 점수를 높이며, 죽을 사람을 살린 것에는 100점을 준다고 합니다.

　　이곳 원황의 《요범사훈》의 말씀대로, 이씨의 적선積善한 행위를 표시한다면, 이씨는 벌써 100점을 넘을 것으로 사료되며, 굉장히 많은 적선을 한 것이기 때문에 '신사임당' 같은

---

72 원황袁黃: 자는 곤의坤儀, 호는 요범了凡이다. 절강浙江 가흥부嘉興府 가선현嘉善縣 사람으로 만력 병술년에 진사가 되었으며, 임진년에 흠차경략찬획방해어왜군무 병부 직방청리사 주사主事로 유원외劉員外와 함께 나왔다. 일로一路의 관참館站에 표하標下 차관差官을 두어 난동을 부리지 못하도록 금하였으며, 불도佛道를 좋아하는 성품으로서 몸가짐이 산승과 같았다. 일찍이 우리나라 의정議政 최흥원崔興源에게 말하기를, "중국은 과거에는 모두 주원회朱元晦(주희朱熹)를 종주로 여겼지만 요즘 와서는 점차 그를 그렇게 여기지 않고 있다." 하였는데, 흥원이 말하기를, "주자에게는 트집 잡힐 만한 점이 없을 듯하다." 하니, 주사가 성낸 얼굴로 좋아하지 않고는 다음 날 이자移咨하여 사서四書의 주소註疏를 조목조목 들어가며 비난하고 헐뜯었다. 풍중영馮仲纓을 안변安邊의 적루賊壘에 보내 두 왕자를 돌려보내도록 꾀하려 하였으나 성과 없이 나오고 말았다. 얼마 뒤에 좌도左道로 대중을 현혹시킨다는 언관의 탄핵을 받고 혁직革職된 뒤 계사년 6월에 돌아갔다.

현부賢婦가 그 몸에서 나오지 않았는가! 하고 생각합니다. 그리고 조선 최고의 학자인 율곡선생이 또 이 가문에서 나온 것 같습니다.

6

×××

외조고 진사신공 행장[73] (사임당의 아버지이다)

외손자 율곡 이이李珥가 기록하였다

진사 신공의 휘諱는 명화命和이고, 자字는 계흠季欽이니, 천품이 순박하고 성실하며 지조志操[74]가 이미 정해져 있었다.

어려서부터 공부할 적에는, 문득 선악을 가지고 자신을 위해서 악을 징계하였고, 장성함에 미쳐서는 학문과 행실을 돈독하게 하면서 예의가 아니면 움직이지 않았다.

연산군 조정에서 아버지 상을 만났는데, 당시 국가에서 단상短喪(1년상)의 법을 지키라고 하였으나, 진사는 끝까지 고례古禮의 제도를 폐지하지 않았고 최질衰絰[75]하고 여묘廬墓[76]를 살면서 3년간

---

73 행장行狀: 죽은 사람의 평생 살아온 일을 적은 글.

74 지조志操: 원칙과 신념을 굽히지 아니하고 끝까지 지켜 나가는 꿋꿋한 의지, 또는 그런 기개.

75 최질衰絰: 상중에 입는 삼베옷.

76 여묘廬墓: 상제가 무덤 근처에서 여막廬幕을 짓고 살면서 무덤을 지키

죽만 먹어서⁷⁷ 몸이 쇠약해졌는데도, 몸소 밥을 지어서 궤연几筵⁷⁸에 올리면서 3년간 슬픔을 다하였으니, 이를 가지고 당시 사람들의 논의가 많았다.

중종 조의 상공 윤은보尹殷輔⁷⁹와 남효의南孝義⁸⁰ 등이 현량과賢良科⁸¹에 추천하려고 하였는데, 진사께서는 굳이 사양하였으므로, 드디어 억지로 추천하지는 않았다.

는 일.

77 3년간 죽만 먹어서: 옛적 상제喪制에는 상복을 입은 자식은, 자신이 잘못 모시어서 부모님이 돌아가셨다는 죄책감이 있으므로, 밥을 먹지 말고 죽을 먹어야 한다고 하였다.

78 궤연几筵: 혼백이나 신위를 모신 자리와 그에 딸린 물건들.

79 윤은보尹殷輔: 조선 전기 병조판서, 우의정, 영의정 등을 역임한 문신. 본관은 해평海平. 자는 상경商卿. 수원부사 윤처성尹處誠의 증손으로, 할아버지는 승문원참교承文院參校 윤면尹沔이다. 아버지는 첨정 윤훤尹萱이며, 어머니는 현감 김모金模의 딸이다.

80 남효의南孝義: 본관은 의령宜寧. 자는 중유仲柔, 호는 지소재志素齋. 할아버지는 남준南俊이고, 아버지는 남회南恢이며, 어머니는 박소朴蘇의 딸이다. 남효온南孝溫의 사촌동생이다.

81 현량과賢良科: 조선 중종 때 학문과 덕행이 뛰어난 인재를 천거하게 하여 대책만으로 시험한 제도. 조광조趙光祖의 건의에 따라 시행되었다. 중종의 신임으로 등용된 조광조가 신광한申光漢·이희민李希閔·신용개申用漑·안당安瑭 등의 찬성을 얻어 발의했으나 보수파 인물들의 반대가 극심하였다. 그러나 사림파 언관言官들의 언론 공세와 중종의 결심으로 반대파를 물리치고 1519년(중종 14) 한나라의 현량방정과賢良方正科를 본떠 실시하였다.

진사는 성화 병신년(1476)에 출생하고, 정덕 병자년(1517)에 진사에 합격했으며, 가정 임오년(1522) 11월 7일에 졸하였으니, 향년이 47년이고, 양평군 지평의 적두산 기슭에 장사하였고, 그 뒤에 강릉의 조산에 이장하였다.

진사는 이씨에게 장가들어서 딸 5명을 낳았으니, 장녀는 우후虞侯 장인우張仁友에게 출가하였고, 차녀는 곧 사임당이며, 다음은 생원 홍호洪浩에게 출가하였고, 다음은 권화權和에게 출가하였으며, 다음은 이주남李冑男에게 출가하였다.

평일에 자녀 및 조카들과 같이 담소할 적에는 법도를 잃지 않았고, 행동함에 규범이 있었으니, 하루는 부인 이씨가 옆에 있었는데, 돌아올 적에 발을 헛디뎌서 넘어지려고 하였는데, 모든 딸이 따라와 부축하면서, 모두 빙긋이 웃었다.
진사가 이를 보고 말하기를,

"부모가 기운이 약한 것은 걱정이 되고 두려운 것인데, 도리어 웃는 것이냐!"

고 하니, 모든 딸이 부끄러워하면서 사죄하였다. 진사께서는 부닥친 일에 대하여 가르침의 엄함이 이와 같았기 때문에, 모든 딸이 아버지의 가르침을 따랐고, 뒤에 모두 어진 행위가 있었다.

진사가 남을 대할 적에는, 말씀은 반드시 믿음이 있었으니, 장인 이후李侯가 벗과 같이 모임을 약속하였는데, 일이 있었기 때문에 모임에 가지 못하였다.

편지가 이르니, 진사에게 쓰라고 하면서 말하기를,

"내가 작은 병에 걸려서 너에게 부탁하니, 좋으냐!"

고 하니, 진사가 정색하고 말하기를,

"실정에 지나친 말씀은 남에게 하는 것이 아닙니다."

고 하고, 마침내 서신을 쓰지 않았다.

또한 정덕 신사년(1521)에 차녀의 결혼식을 하려는데, 그날 아침에 서울 사람이 돌아와서 거짓말로 조정에서,

"처녀를 널리 뽑는다."

고 하면서 대중을 유혹하니, 사람들의 말이 흉흉하였다. 딸을 가진 집에서는 중매를 붙여서 혼약하는 방법을 쓰지 않고, 미친 듯이 사윗감이 있는 곳을 쫓아가서 사위를 맞았으며, 비록 사대부의 집에서도 예를 갖추어 사위를 맞는 일은 있지 않았다.

진사는 홀로 개연히 세속의 일에 마음이 상하였는데, 마침내 혼례의 제도를 따라서 조용히 폐백을 드렸으니, 진사의 착한 일을 고집하여 추진함이 이와 같았다.

위에 기록된 신명화 공의 행장은 외손자인 율곡선생이 써서 《율곡전서》에 수록한 글입니다.

대체로 말해서, 외조부의 행장을 자신의 문집에 넣는 경우는 매우 드문 일인데, 다행히 율곡선생이 이 행장을 기록하여 넣었기 때문에, 신공의 행적을 오늘날에도 상세하게 알 수가 있는 것입니다. 그러나 기록이 길지 않은 것을 보아 중요한 요점만 기록하였음을 알 수가 있습니다.

진사공은 1476년 성종 7년에 출생하고, 1517년 중종 12년에 진사에 합격하였으니, 신공은 나이 41세에 진사가 되었습니다.

중종 연간에 '현량과'를 신설하고 생원과 진사 이상의 학식을 갖춘 사람을 현량과에 추천하는 제도가 있었는데, 마침 신공도 상공인 윤은보와 남효의 등이 추천하려고 하니, 신공이 극력 사양하였다고 합니다.

진사 신공의 가장 두드러진 행위를 말하면, 부인 이씨와 함께 서울의 신공의 집에서 살았는데, 갑자기 강릉에 사는 장모님께서 병환으로 눕게 되니, 외동딸인 부인 이씨가 남편 신공에게,

"당신은 서울의 집에서 부모님을 모시며 살고, 외동딸인 저는 강릉으로 내려가 어머니의 환후를 보살펴야겠습니다."

고 하니, 남편인 진사공이 허락하였으므로, 이때부터 부부가 별거하기 시작하였는데, 이 별거가 무려 16년간 계속되었다고 합니다. 그런데 남편 진사공은 불평이 한 번도 없었다고 하니, 부부 각자 부모님을 모시기 위하여 16년간 별거한 선행은 고금에 처음으로 들어보는 말입니다.

그리고 장모님이 별세하였다는 소식을 듣고 수일 동안 서울에서 강릉을 찾아가면서 노독路毒으로 인하여 병에 걸려서 꼭 빈사 상태의 몸으로 강릉에 도착하였는데, 부인 이씨가 죽기를 작정하고 하늘에 올리는 맹렬한 기도로 말미암아 꿈속에서 신인의 선약을 얻어먹고 살아났다고 하니, 이런 아름다운 이야기는 미담 중의 미담이라 아니할 수 없습니다.

IV

신사임당 부부의 기록

1

×××

선비행장先妣行狀[82] (사임당의 행장이다)

아들 이율곡李栗谷이 기록하였다

　　사임당의 이름은 모某[83]이니, 진사인 신공申公의 둘째 딸이다. 어렸을 때에 유가儒家의 경서에 통달하고, 속문屬文(문구를 얽어서 글을 지음)에 능했으며, 붓글씨를 잘 썼고, 또한 바느질을 잘하더니, 곧바로 자수를 놓음에 이르러서도 정밀하지 않음이 없었으며, 여기에 더하여 성품이 온아하고 지조는 정결하였으며, 거동은 조용하고 처리하는 일은 자세하였으며, 말은 적게 하고 행동은 조심하였으며, 또한 스스로 겸손하였다. 이에 신공(아버지)이 사랑하고 또한 소중하게 여겼다.

　　성품 또한 순수하고 효성스러웠으니, 부모님이 병환에 계시

---

82 행장行狀: 죽은 사람의 평생 살아온 일을 적은 글.

83 이름을 모某라고 한 것은 당시 조선에서는 여자는 이름이 없는 것이 보통이었으니, 신사임당도 똑같이 이름이 없었던 것 같다.

면, 얼굴빛은 반드시 근심스러운 모습을 띠었으며, 병환이 나으면 처음의 얼굴빛으로 회복하였다.

이미 가군家君(율곡의 부친 이원수)께 시집가니, 진사공이 가군家君에게 말하기를,

> "나는 딸이 많은데, 다른 딸은 집을 떠나 시집가서 나를
> 그리워하지 않거니와, 자네의 처는 나의 곁을 떠나지 않으려
> 고 한다."

고 하였다.

신혼이 오래되지 않아서 진사께서 돌아가셨고, 상복을 다 입은 뒤에 신부의 예로 시어머니 홍씨를 한성에서 뵈면서, 행동은 조심하였고 말씀은 망발하지 않으셨다.

하루는 일가친척이 모인 연회에, 여자 손님들은 모두 담소하였고 어머니께서는 묵묵히 그 가운데에 앉아있었는데, 시어머니인 홍씨가 지목하여 말하기를,

> "신부는 어찌 말이 없는가!"

고 하니, 이내 무릎을 꿇고 말하기를,

> "여자인 저는 문밖에 나가지 않아서 하나도 본 것이 없
> 었으니, 무슨 말을 합니까!"

고 하니, 함께 앉아있는 여자들이 부끄러워하였다.

뒤에 어머니께서 강릉에 귀녕歸寧[84]하였다가 돌아올 적에 어머니와 눈물로 이별하고 출발하여 대관령의 반 정도에 올라서 북평을 바라보면서 백운白雲의 생각[85]을 견디지 못하였고, 발걸음을 멈추고 한참 있다가 슬프게 눈물을 흘리고 시를 읊었으니,

> 강릉에 계신 어머니 머리는 하얀데
> 나는 홀로 서울로 간다네.
> 머리 돌려 북촌을 때때로 바라보는데
> 저문 산 푸른 곳에 흰 구름[86]이 내려오네.

> 慈親鶴髮在臨瀛(자친학발재림영)
> 身向長安獨去情(신향장안독거정)
> 回首北邨時一望(회수북촌시일망)
> 白雲飛下暮山靑(백운비하모산청)

---

84 귀녕歸寧: 시집간 딸이 친정에 가서 어버이를 뵘.

85 백운白雲의 생각: 당나라 고종 때에 명신인 적인걸이 모함을 받아 병주에 좌천되었을 때에, 그의 부모는 하양의 별업別業에 머물고 있었다. 태항산에 올라 흰 그름이 두둥실 떠있는 것을 보고 "저 구름 아래에 부모님이 계시겠지."라고 했다. 이를 망운지정望雲之情이라고도 한다.《구당서舊唐書 권 89 적인걸열전》

86 흰 구름: 고향의 어버이를 생각하며 그리워함을 말한다. 남조南朝 제齊나라 시인 사조謝朓의 〈배중군기실사수왕전拜中軍記室辭隨王箋〉시에 "흰 구름은 하늘에 떠있건만, 용문 땅은 보이지 않네.〔白雲在天, 龍門不見.〕"라는 구절에서 유래한 것이다.

하였다.

　서울에 이르러서 수진방壽進坊[87]에서 살았는데, 당시 시어머니인 홍씨는 연로하여 신축년부터 가사를 돌보지 못하였다. 이에 어머니께서 총부冢婦[88]의 일을 맡았다.

　부친께서는 성품이 척당倜儻[89]하여 집안일을 하지 않았으니, 집안은 몹시 가난하였다. 이에 어머니께서 절약하면서 웃어른을 공양하고 아랫사람을 양육하였으며 모든 일을 하면서 자신의 마음대로 하는 일이 없었으니, 반드시 시어머니인 홍씨께 보고하였고, 일찍이 희첩姬妾(첩)[90]을 꾸짖지 않았으며, 말씀은 반드시 따뜻하게 하고 얼굴빛은 반드시 온화하였으며, 아버지께서 잃을 것이 있을 것 같으면 반드시 규간規諫[91]하였고, 자녀들이 허물이 있으면 반드시 경계를 주었으며, 좌우에 있는 사람들이 죄가 있으면 반드시 꾸짖었으니, 노비들이 모두 공경히 받들면서 환심을 얻으려고 하였다.

　어머니께서는 평일에 항상 강릉을 생각하시었고 한밤중에 인적이 고요할 적에는 반드시 눈물을 흘리었으며, 혹은 새벽까지 자지 않으셨다.

---

　87 수진방壽進坊: 지금 서울의 수송동壽松洞과 청진동清進洞 일대이다.
　88 총부冢婦: 종가의 맏며느리.
　89 척당倜儻: 뜻이 크고 기개가 있어 남에게 매이지 않음.
　90 희첩姬妾: 정식 아내 외에 데리고 사는 여자.
　91 규간規諫: 옳은 도리로써 임금이나 웃어른의 잘못을 고치도록 말함.

하루는 친척 어른인 심공의 시녀들이 와서 거문고를 타니, 어머니께서 듣고 눈물을 흘리면서 말씀하시기를,

"거문고 소리가 그리운 사람을 생각하게 한다."

고 하시니, 모든 좌중이 슬퍼하였는데, 그러나 그 의미를 깨닫지 못하였다. 또한 일찍이 부모님을 생각한 시가 있었으니, 그 구절에서 말하기를,

밤마다 달을 향해 비는 것은
생전에 어머님 보기를 원하기 때문입니다.

夜夜祈向月(야야기향월)
願得見生前(원득견생전)

고 하였으니, 대개 그 효심은 하늘에서 낸 것이었다.

어머니께서는 홍치弘治 갑자년(1504) 음력 10월 29일에 임영臨瀛(강릉)에서 출생하고, 가정嘉靖 임오년(1522, 19세)에 가군家君(이원수)께 출가하였으며, 갑신년(1524)에 서울에 이르렀다. 그 뒤에 혹 강릉에 돌아갔고, 혹은 봉평蓬坪에서 살았으며, 신축년(1541)에 서울에 돌아왔다.

경술년(1550) 여름에 부친께서 수운판관水運判官에 제수되었고 신해년(1551)에 삼청동의 우사寓舍로 옮겼으며, 그해 여름에 가군께서 조운漕運[92]의 일로 관서關西[93]로 향하였으니, 아들 선璿과 이

珥(율곡)가 모시고 갔다.

　이때 어머니께서 편지를 강가에 있는 상점에 보냈는데, 눈물을 흘리며 쓰신 서신이었으니, 남들은 모두 그 뜻을 알지 못하였다.

　5월에 조운漕運의 일이 끝났고, 부친께서는 배를 타고 서울로 향하여 아직 도착하지 않았는데, 어머니께서는 병에 걸려서 겨우 2, 3일 만에 문득 여러 자식에게 말하기를,

　　"나는 일어나지 못한다."

고 하셨는데, 반야半夜에 이르러서 편안히 주무시는 모습이 평상시와 같았으므로, 모든 자식이 그 병환이 차도가 있을 것으로 생각하였는데, 17일 새벽에 이르러서 갑자기 돌아가셨으니, 이 세상에서 사신 해가 48년이었다.

　그날에 가군께서는 서강西江에 이르렀고, 이珥 또한 부친을 모시고 함께 이르렀는데, 행장行裝 가운데에 있는 유기鍮器(놋그릇)가 모두 붉게 물들었으니, 사람들은 모두 괴이하게 여겼다. 조금 있다가 어머니께서 돌아가셨다는 소식을 들었다.

---

92 조운漕運: 현물로 받아들인 각 지방의 조세를 서울까지 배로 운반하던 일, 또는 그런 제도. 내륙의 수로를 이용하는 수운 또는 참운站運과 바다를 이용하는 해운이 있다.

93 관서關西: 마천령의 서쪽 지방. 평안도와 황해도 북부 지역을 이르는 말이다.

어머니께서는 평소 묵적墨跡이 특이하였으니, 7세에 안견安堅⁹⁴의 그림을 모방하여 그리면서 그림을 배웠는데, 드디어 산수도山水圖를 잘 그려서 남들이 기묘한 그림이라 칭하였고, 또한 포도를 그렸는데 모두 세상에서 흉내 낼 수 없는 것이며, 모사한 병풍과 족자는 세상에 전하는 것이 많다.

이하는 생략한다.

| 보충 해설 |

이 문장의 제목이 '선비행장先妣行狀'이니, 선비先妣는 돌아가신 어머니를 뜻하는 것이고, 행장行狀은 옛적 하나의 문체文體를 말하는 것으로, 그 뜻은 죽은 사람이 평생 살아온 행적을 적은 글을 말하는 것이니, 아들 율곡이 어머니이신 신사임당의 행적을 간략하게 정리한 글이라고 보면 될 것입니다.

만약 이 글이 없었다면, 신사임당의 행적을 잘 알 수가 없

---

94 안견安堅: 조선 초기 세종부터 세조때까지 활동한 화가이다. 그는 세종의 셋째 아들 안평대군安平大君을 가까이 섬겼으며, 그의 의뢰로 [몽유도원도夢遊桃源圖]를 그린 화가로 유명하지만, 조선시대에는 조선 초기부터 중기까지 그의 화풍을 이어받은 화가들이 대부분일 정도로 조선화단에 많은 영향을 끼친 인물이다. 산수화에 특히 뛰어났고 초상화·사군자·의장도 등에도 능했으며, 그의 화풍은 일본에까지 전해져 무로마치 막부 시기의 수묵화 발달에 많은 영향을 끼쳤다. 현재 그가 그렸다고 전해지는 그림은 몇 점 있으나, 정확히 그의 그림으로 확정된 것은 [몽유도원도夢遊桃源圖]가 유일하다.

고, 다만 현재까지 남아 있는 유품인 초충도와 문인화, 그리고 붓글씨인 초서草書 작품 몇 점이 있으며, 그리고 한시漢詩 몇 수가 현재까지 남아있으므로, 이를 보고 신사임당의 인품을 추측할 수밖에 없는데, 다행히 아들인 율곡선생께서 '선비행장'을 지어서 《율곡전서栗谷全書》에 수록하여 놓았기 때문에 사임당의 면면을 잘 알 수가 있는 것입니다.

사임당께서는 서기 1504년 음력 10월 29일에 강원도 강릉에서 출생하였고, 1522년인 19세에 율곡선생의 부친인 이원수 공과 결혼하였으며, 그리고 2년 뒤인 1524년에 서울에 올라와서 신혼생활을 하였고, 그 뒤에는 혹 강릉으로 내려가 있기도 하고 혹은 강원도 봉평에 가서 살기도 하였으며, 그 뒤에 1541년에 서울에 돌아왔다고 하니, 17년간을 서울과 강릉, 혹은 봉평을 오가며 사신 것으로 사료됩니다.

사임당은 어렸을 적에,

"경서經書(유학의 사서삼경四書三經을 말함)에 통달하고 속문屬文(문구를 얽어서 글을 지음)에 능했으며, 붓글씨를 잘 썼고, 또한 바느질을 잘하더니, 이내 자수를 놓음에 이르러서도 절묘하지 않음이 없었으며, 여기에 더하여 천품이 온아하고 지조는 정결하였으며, 행동은 고요하고 처리하는 일은 자세하였으며, 말은 적게 하고 행동함에는 조신操身하였으며, 또한 스스로 겸손하였고 성품 또한 순수하고 효성스러웠으며, 부모님이 병환에 계시면, 얼굴빛은 반드시 근심스러운 모습을 띠었으며, 병환이 나으면 처음의 얼굴빛으로 회복하였다."

고 하였고, 또 '선비행장先妣行狀'에서,

"어머니께서는 평소 묵적墨跡(먹으로 쓴 흔적)이 특이하였으니, 7세에 안견安堅의 그림을 모방하여 그리면서 그림을 배웠는데, 드디어 산수도山水圖를 잘 그려서 남들이 기묘하다고 칭찬하였고, 또한 포도를 그렸는데, 모두 세상에서 흉내 낼 수 없는 것이며, 모사模寫한 병풍과 족자는 세상에 전하는 것이 많다."

고 하여, 사임당의 예술세계를 간략히 묘사한 문장이 보입니다. 그리고 여기에 더하여 사임당은,

"하늘에서 받은 성품이 온아하고 지조는 정결하였으며, 거동은 고요하고 처리하는 일은 자세하였으며, 말은 적게 하고 행동은 조신操身하였으며, 또한 스스로 겸손하고 성품 또한 순수하고 효성스러웠으며, 부모님이 병환에 계시면, 얼굴빛은 반드시 근심스러운 모습을 보였으며, 병환이 나으면 처음의 얼굴빛으로 회복하였다."

고 하여, 사임당의 성품과 행위와 효성에 대하여 기록하고 있습니다. 온아한 성품에 지조志操는 정결하며, 거동은 고요하고 일 처리는 자세하며, 행동은 조심스럽고 성품은 순수하며, 효성이 지극하여 부모님이 병환에 계시면, 얼굴에는 근심스러운 빛을 띠었고, 병환이 나으면 평소의 모습으로 회복하였다고 하였고, 또한 사임당께서는 어머니 이씨의 효도를 본받아서 지극한 효도를 하였으니, 아버지인 진사공이 일찍이 돌아가시고, 어머니 홀로 강릉에 계셨으므로, 서울에 살면서 늘 강릉에 계신 어머니를 생각하면서 눈물을 흘린 것으로 사료됩니다.

그리고 위의 글에서 속문屬文에 능했다는 것은 창작을 잘하였다는 말이고, 또한 붓글씨도 잘 썼다고 하였는데, 이는 필자가 발행한 책, 《신사임당의 초서와 초충첩》에 수록되어 있으니, 이를 보면 사임당의 예술의 솜씨가 어떤지를 잘 알 것입니다.

또한 필자는 처음으로 사임당의 초서를 보고 깜짝 놀라지 않을 수가 없었으니,

"이는 혹 서성書聖인 왕희지王羲之[95]를 능가하는 글씨구

---

95 왕희지王羲之 : 중국 진晉나라의 서예가(307~365). 자는 일소逸少. 우군

나!"

고 하였고, 초충도는 자수한 작품으로 보이며, '물소'와 '물새' 등의 수묵화 또한 수작으로 보입니다. 그리고 안견의 그림을 보고 모사한 뒤에 '산수도山水圖'를 잘 그렸다고 하였는데, 필자가 본 소감은 원근이 뚜렷하고 산과 물이 절반을 차지하였으며, 우측과 좌측에 쓰인 초서 낙관 글씨는 따라서 하기 어려운 수작이라 할 수 있습니다.

필자 역시 서예는 여초 김응현 선생을 사사하고 산수화 역시 남화풍을 다년간 습작한 경험이 있는 사람으로, 붓으로 글씨를 잘 쓰고 산수도나 초충도를 잘 그리는 것이 매우 어려운 것임을 잘 아는 사람으로써 말한다면, 사임당께서는 천부적인 예술적 자질을 갖고 태어나신 분 같습니다.

이는 성격이 매우 차분하고 세밀한 사람이 아니면 이렇게 잘할 수는 없는 것입니다.

위에 소개한 한시漢詩를 보면,

밤마다 달을 향해 비는 것은
어머님 생전에 보기를 원하기 때문입니다.

장군右軍將軍을 지냈으며 해서·행서·초서의 3체를 예술적 완성의 영역까지 끌어올려 서성書聖이라고 불린다. 작품에 〈난정서蘭亭序〉, 〈상란첩喪亂帖〉, 〈황정경黃庭經〉, 〈악의론樂毅論〉 따위가 있다.

夜夜祈向月 (야야기향월)

願得見生前 (원득견생전)

라고 하였습니다. '밤마다 달을 보면서 어머니를 살아생전에
보기를 원한다.'고 하였으니, 어머니를 생각하는 마음이 절절
하였음을 볼 수가 있습니다.

　　요즘 세상에서는 고속열차를 타면 2시간이면 강릉에 도
착하지만, 옛날에 여인들은 가마를 타고 갔으므로, 여러 날을
경과하여 가는 길이었기에, 밤에 밝게 비취는 달을 보고 어머
니를 생각하면서 애를 태웠을 것으로 생각합니다.

2

×××

감찰 증좌찬성 이공묘표
監察贈左贊成李公墓表
(사임당의 남편이다)

우암尤庵 송시열宋時烈[96]이 기록하였다

　파주의 두문리에는 감찰 이공監察李公과 신씨申氏를 합장한 묘
지가 있으니, 바로 율곡선생의 부모님의 묘지이고, 그곳에 지문誌
文[97]이 있으니, 청송처사聽松處士 성수침成守琛[98] 공이 지은 지문이

---

96 송시열宋時烈: 조선 숙종 때의 문신·학자(1607~1689). 아명은 성뢰聖
賚, 자는 영보英甫, 호는 우암尤庵·우재尤齋. 효종의 장례 때 대왕대비
의 복상服喪 문제로 남인과 대립하고, 후에는 노론의 영수領袖로서 숙
종 15년(1689)에 왕세자의 책봉에 반대하다가 사사賜死되었다. 저서
에《우암집》,《송자대전宋子大全》따위가 있다.

97 지문誌文: 죽은 사람의 이름과 태어나고 죽은 날, 행적, 무덤의 위치와
좌향坐向 따위를 적은 글.

98 성수침成守琛: 조선의 학자. 그는 조광조를 중심으로 추구해온 도학적
지치주의가 기묘사화로 좌절되는 것을 목도하고 평생 산간에 묻혀
은일자로 일관하였으며, 학문탐구와 자기 수양 후생교육에 열중하였
다.

니, 말하기를,

> "진실하고 꾸밈이 없으며, 남과 경쟁하지 않고 편안한
> 마음으로 착함을 즐거워하였으니, 고인古人의 기풍이 있었
> 다."

고 하였으니, 아! 모두 이곳에서 다 말한 것이다.

부인 신씨는 평산의 대성大姓이고 기묘명현己卯名賢[99]인 명화
命和의 여식이니, 타고난 성품이 뛰어나고 예를 익히고 시詩에 밝았
으며, 글씨와 그림 같은 것에 이르러서도 또한 그 오묘함을 다하였
으니, 그를 얻은 자는 벽옥을 안은 것과 같은 것이다.

공은 이와 같은 어진 배필을 얻고 또한 대현大賢을 낳았으니,
말한다면,

> "황하의 물은 와기瓦器(작은 그릇)에 주입하지 못하니,
> 공의 숨겨진 덕이 있어서이다."

고 하였으니, 청송聽松(성수침의 호)이 칭찬한 것에 그치지 않은 것이
다.

공의 휘는 원수元秀이고, 자字는 덕형德亨이니, 음직으로 관리
가 되어서 사헌부 감찰에 그쳤고, 가정嘉靖 신유년(1561) 5월 14일

---

99 기묘명현己卯名賢: 조선 중종 14년(1519)에 일어난 기묘사화로 화를
입은 신하. 조광조, 김식, 기준, 한충, 김구, 김정, 김안국, 김정국 등을
이른다.

갑자일에 서거하였다.

아들 율곡선생이 귀하게 되어서 찬성贊成[100]에 추증되고, 모친 신사임당도 역시 정경부인에 추증되었다.

이하 자손의 기록은 생략한다.

| 보충 해설 |

필자가 파주 두문리에 있는 이원수 공과 신사임당의 묘소와 조선 최고의 학자인 율곡선생의 묘소를 지금으로부터 20여 년 전에 둘러보면서 참배한 일이 있다.

그때의 소감은 율곡선생의 묘소가 부모님의 묘소 뒤에 있어서, 조금 이상하게 생각한 기억이 있었는데, 조금 있다가 생각해 보니,

"그럴 수도 있겠구나!"

고 하였다. 왜냐면, 부모님의 묘를 먼저 쓰는 것인데, 그 아래에는 묘지를 쓸 자리는 없고, 뒤에는 묘지의 자리가 많다고 한다면, 어쩔 수 없이 후손을 뒤에, 즉 위에 쓸 수밖에 없다고 생각한다. 그러므로 율곡선생의 묘소를 부모님의 위에 모셨지

---

100 찬성贊成 : 조선시대에, 의정부에 속한 종일품 벼슬. 좌찬성과 우찬성이 한 명씩 있었다.

않았나 하고 생각한다.

위 본문에서 송우암이 말씀한 것과 같이, 이원수 공은 현녀賢女인 신사임당과 결혼하고, 조선 최고의 현인인 율곡선생을 아들로 두었으니, 마치 벽옥碧玉을 한아름 안고 있는 것과 같은 현상으로, 아무래도 조상의 음덕이 많았을 것으로 생각한다.

그리고 사임당은 자신을 쏙 빼닮은 매창梅窓 여사를 두었는데, 학식과 지혜와 시와 글씨와 그림, 그리고 여인이 갖추어야 할 바느질과 자수에 이르기까지 모든 것을 어머니 사임당을 그대로 이어받았다고 하여, '그 어머니에 그 딸'이라고 하였다고 한다.

넷째 아들 옥산玉山 이우李瑀 역시 어머니인 사임당의 예술적 재능을 쏙 빼닮았다고 하며, 그러므로 당시에 예술가로 세상에 이름을 내었다고 한다. 그러나 어머니 사임당과 형인 율곡선생의 그늘에 숨겨져서 제대로 된 평가를 받지 못한 것이 아쉽다고 해야 할 듯싶다.

여하튼 이원수 공은 아들 율곡선생이 귀하게 되어서 찬성贊成(종1품)에 추증되었고, 사임당 역시 정경부인에 추증되었

으니, 이런 영광은 쉽게 만날 수는 없는 축복 중의 축복인 것
이다.

3
✕✕✕

사임당의 문학과 예술

(1) 시詩

○ 대관령을 넘어가는 중에 친정을 바라보고

어머니 백발되어 강릉에 계시는데

이 몸 홀로 서울 향해 가는 마음 애가 탑니다.

머리 돌려 때때로 북촌 바라보니

흰 구름 나는 아래 저문 산이 푸르다네.

慈親鶴髮在臨瀛(자친학발재림영)

身向長安獨去情(신향장안독거정)

回首北邨時一望(회수북촌시일망)

白雲飛下暮山靑(백운비하모산청)

○ 부모님을 생각하며

천 리 먼 고향 산 첩첩의 봉우리들
돌아가고픈 마음 언제나 꿈속에 있습니다.
한송정[101] 가에는 둥근 달이 떴는데
경포대 앞에는 한 줄기 바람 불겠지.

千里家山萬疊峯(천리가산만첩봉)

歸心長在夢魂間(귀심장재몽혼간)

寒松亭畔雙輪月(한송정반쌍륜월)

鏡浦臺前一陣風(경포대전일진풍)

○ 낙구落句

밤마다 달 보며 비는 것은
어머니 생전에 뵙기를 바라서라네.

夜夜祈向月(야야기향월)

---

101 한송정寒松亭: 강릉대도호부江陵大都護府 동쪽 15리에 있는데, 동쪽
으로 큰 바다에 임하였고 소나무가 울창하다.《新增東國輿地勝覽 卷
44 江原道 江陵大都護府》또한 신라 때 술랑述郞 등 네 명의 선인이
노닐던 곳인데, 유람객이 많이 찾아오는 것을 고을 사람들이 싫어해
서 그 정자를 철거하였으며, 오직 '돌 아궁이〔石竈〕'와 '돌 못〔石池〕'과
두 개의 '돌 우물〔石井〕' 등 사선四仙이 차를 달일 때 썼던 유적만 그
옆에 남아있다고 한다.《稼亭集 卷5 東遊記》

願得見生前(원득견생전)

| 보충 설명 |

　사임당의 한시는 절구絶句 2수에 낙구 1수이다.

　현재 남아있는 시가 낙구를 포함하여 겨우 3수에 불과하지만, 사임당의 마음은 언제나 부모님이 편안히 살고 계시는지를 늘 걱정하는 마음뿐임을 알 수가 있다.

　작은 양의 고기를 국에 넣어 끓이지만, 그 국의 맛이 모두 고기의 맛으로 변하는 것처럼, 위의 사임당의 시 3수도 비록 작은 수이지만, 그 시 속의 부모님을 그리워하는 마음을 보면 사임당의 부모님에 대한 효孝를 알 수가 있고, 그리고 시 속의 내용이 순수하여 하등의 인위적 조작이 없는 순수純粹 그 자체라는 것을 알 수가 있다.

　여기서 보통 우리들이 알지 못하는 어려운 율조律調[102]에 대한 이야기는 생략하기로 한다.

---

102 율조律調: 한시의 리듬을 말함.

(2) 서예

1) 권재지權載之[103]의 옥대체玉臺體[104] 시이다

이 마음 고요하여 일 없는데

문 닫고 사는 사람에게는 봄 풍경도 더디게 간다네.

버드나무 실가지는 백발이 되려고 하는데

함께 늘어진 가지를 상대하여 본다네.

此意静無事(차의정무사)

閉門風景遲(폐문풍경지)

栁條將白髮(석조장백발)

相對共垂絲(상대공수사)

---

103 권재지權載之 : 자字는 덕흥德興이니, 4세에 시를 잘 읊었고, 관적官籍은 벼슬에 두었다. 우화羽化 초에 집을 강남에 짓고 쑥대 우거진 곳에서 편안한 듯하였으며, 매양 경승처를 만나면 하나의 아름다운 시구를 얻고 이연怡然히 홀로 웃으면서 귀중한 벼슬을 얻은 듯이 하였다. 당唐의 덕종조德宗朝에 지제고知制誥이고, 원화元和 중에 동평장사同平章事를 역임했다.

104 옥대체玉臺體 : 시법詩法에 이르기를, 옥대집玉臺集은 바로 서릉徐陵이 편한 것이고, 한위漢魏와 육조六朝의 시詩에 모두 들어있다. 혹이 말하기를, '섬염纖艶한 시를 옥대체玉臺體이다.'라고 하나, 실상은 그렇지 않다.

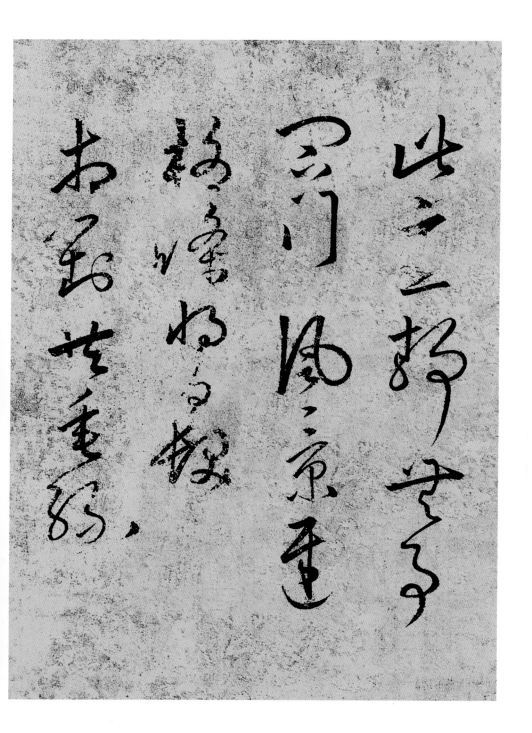

2) 황보효상皇甫孝常의 '사람을 보내고 섬계剡溪(지명)의 구거舊居
   에 돌아와서'의 시이다

   해안에 남아 있는 눈〔雪〕 갈며
   백사장에서 석양을 낚는다네.
   집이 가난하니 있는 것이 무엇인가!
   봄풀이 점차 자라는 것을 본다네.

        海岸畔殘雪(해안경잔설)

        谿沙釣夕陽(계사조석양)

        家貧何所有(가빈하소유)

        春草漸看長(춘초점간장)

海棠眠雨

随风酪

深沉院落

家家关门暗

春长

3) 이백李白[105]의 ‘동림사 스님과 이별하다(別東林寺僧)’의 시
이다

> 동림사는 손님 보내는 곳인데
> 달 오르니 흰 원숭이가 우네.
> 멀리 여산에 가는 스님 웃으며 이별하는데
> 어찌 호계虎溪[106] 지나감이 번거로울까요.

> 東林送客處(동림송객처)
> 月出白猿啼(월출백원제)
> 笑別廬山遠(소별려산원)
> 何煩過虎谿(하번과호계)

---

105 이백李白: 중국 당나라의 시인(701~762). 자는 태백太白, 호는 청련거
사靑蓮居士. 젊어서 여러 나라에 만유漫遊하고, 뒤에 출사出仕하였으
나 안녹산의 난으로 유배되는 등 불우한 만년을 보냈다. 칠언절구에
특히 뛰어났으며, 이별과 자연을 제재로 한 작품을 많이 남겼다. 현
종과 양귀비의 모란연牧丹宴에서 취중에 〈청평조淸平調〉 3수를 지은
이야기가 유명하다. 시성詩聖 두보杜甫에 대하여 시선詩仙으로 칭하
여진다. 시문집에 《이태백시집》 30권이 있다.

106 호계虎溪: 진晉나라 고승 혜원慧遠이 동림사東林寺에 있을 적에 손님
을 전송할 때에도 호계虎溪를 건너지 않았는데, 도잠陶潛과 육수정陸
修靜이 방문했을 적에는 서로 의기투합한 나머지 그들을 전송하면서
호계를 건넜으므로, 세 사람이 크게 웃고 헤어졌다는 ‘호계삼소虎溪三
笑’의 전설을 원용한 것이다. 《蓮社高賢傳 百二十三人傳》

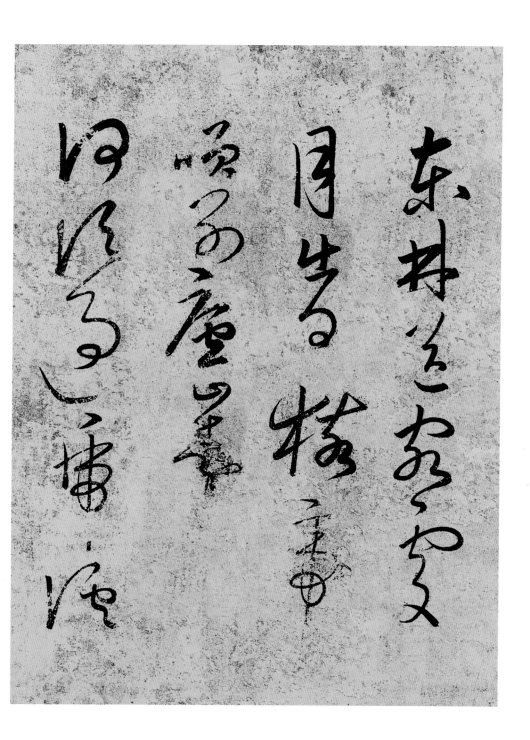

東井生在舍後又
月生在松之上
喧○の庭芝草
月○草□庵庵

4) 권재지權載之의 '고명부를 유별留別[107]하다'

강남에 비 그쳤는데

먹구름에 산 어둡고 습한 것 같다네.

돌아가는 배 움직이지 않는데

앞 시내엔 바람이 몰아친다네.

江南雨初歇(강남우초헐)

山暗雲猶濕(산암운유습)

未可動歸橈(미가동귀요)

前溪風正急(전계풍정급)

---

107 유별留別: 떠나는 사람이 머무는 사람에게 작별하는 것을 유별留別이
라 한다.

江南雨初歇

山暗雲猶濕

未○書鳴楱

高風○○○

5) 한굉韓翃[108]의 '한궁곡漢宮曲'의 시이다

거룻배 타고 돌아가는 사람
달빛 아래서 강촌을 지나가네.
차가운 조수의 수위 떨어질 적에
깊은 밤에 문에 당도했다네.

歸人乘野艇(귀인승야정)

帶月過江村(대월과강촌)

正落寒潮水(정락한조수)

相隨夜到門(상수야도문)

---

108 한굉韓翃: 당나라 한굉韓翃이 지은 〈한궁곡漢宮曲〉이라는 오언절구이
다. 《당음唐音》 권6에 실려 있다. 한굉은 대력십재자大曆十才子의 한
사람으로, 군평君平은 그의 자字이다.

煙花三月下揚州
孤帆遠影碧空盡
唯見長江天際流

6) 사공서司空曙[109]의 '금릉회고金陵懷古'의 시이다

연로輦路[110]의 강가 단풍이 어두운데

궁정에는 들풀이 나는 봄이라네.

마음 상한 유개부庾開府[111]는

늙어서 북조北朝의 신하 되었다오.

輦路江楓暗(연로강풍암)

宮庭野草春(궁정야초춘)

傷心庾開府(상심유개부)

老作北朝臣(노작북조신)

---

109 사공서司空曙: 중국 중당의 시인. 인품이 결벽하여 권신과 가까이하지 않고 가난을 감수하였다고 한다. 전기錢起 등과 함께 '대력십재자大曆十才子'의 한 사람으로 꼽힌다. 시집《사공문명시집司空文明詩集》이 있다.

110 연로輦路: 임금의 수레가 왕래하는 길.

111 유개부庾開府: 남북조시대 북주北周의 유신庾信(513~581)으로, 벼슬이 개부의동삼사開府儀同三司에 이르렀으므로 이렇게 불린다. 두보杜甫의 시 〈춘일억이백春日憶李白〉에 "청신하기는 유개부요, 준일하기는 포참군이라.〔淸新庾開府, 俊逸鮑參軍.〕"라고 언급된 것처럼, 유신 시의 풍격은 청신淸新하였다.

莩詩江楓時
言瀟灑字
猶々更亂品
春心此看好正

7) 이백李白이 '정율양에게 장난삼아 주다' (기승구)

도영공陶令公(陶潛)이 날마다 취하여

다섯 버드나무에 봄이 온 줄 모른다네.

본래 줄 없는 거문고가 있었는데

베수건으로 술을 걸렀다네.

陶令日日醉(도영일일취)

不知五柳春(부지오유춘)

素琴本無絃(소금본무현)

漉酒用葛巾(녹주용갈건)

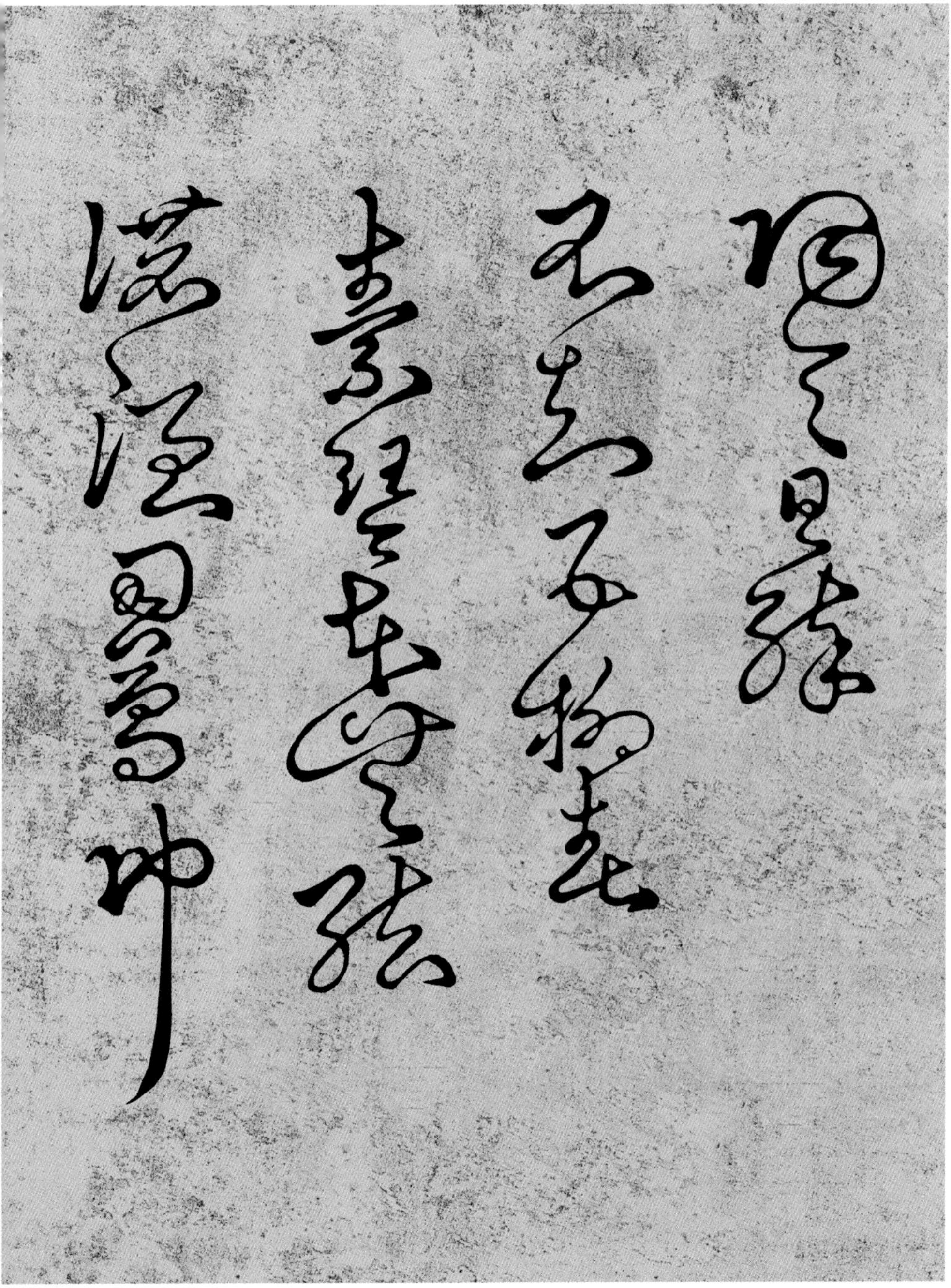

8) 이백이 '장난삼아 정률양에게 주다' (전결구)

맑은 바람 부는 북쪽 창 아래서

스스로 태고太古의 사람이라 일컫는다네.

어느 때에 율리에 이르러서

평생 친하게 여긴 사람을 볼 수 있을까!

淸風北窓下 (청풍북창하)

自謂羲皇人 (자위희황인)

何時到溧里 (하시도률리)

一見平生親 (일견평생친)

| 보충 설명 |

위에 올려놓은 8장의 초서는 사임당께서 쓰신 중국의 당시唐詩 8수입니다. 이외에도 몇 점의 글씨가 있는 것으로 알고 있습니다. 그러나 이를 모두 이 책에 수록할 필요는 없다고 생각합니다. 물론 모두 싣는 것이 좋겠지만, 요즘의 시대에는 '지적재산권'이라는 법이 있어서 그 소유자의 승낙을 받아야만 비로소 이 책에 올릴 수가 있으니, 이러한 어려움이 있다는 것을 독자 여러분께서는 이해하시기 바랄 뿐입니다.

그러나 필자의 생각으로는 이곳에 올린 8점만 보아도 작가의 예술적 재능과 평가를 능히 할 수가 있을 것으로 생각합니다. 그리고 한 말씀 덧붙인다면, '서예의 글씨'라는 것은 제멋대로 가려고 하는 붓을 잘 어거해서 멋진 글씨를 쓰는 작업이므로, 위의 글씨와 같이 초서를 능수능란하게 쓸 수 있다는 것은 수십 년간의 각고의 노력이 필요한 것인데, 사임당께서 이렇게 훌륭한 글씨를 썼다는 것은 그의 예술뿐이 아니고 인품까지도 높은 경지에 이르렀다는 것을 알 수가 있는 것입니다.

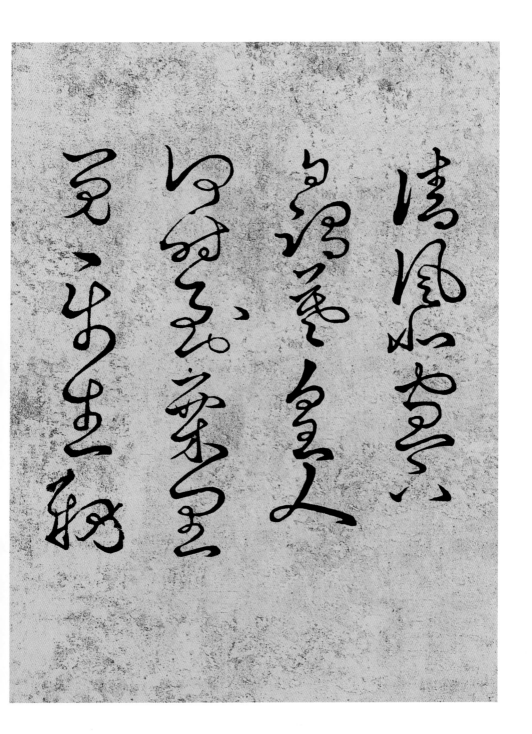

(3) 사임당의 그림

○초충도, 화조도, 산수화

※사임당의 '초충도, 화조도, 산수화'에 대한 '보충 해설'이라는 난을 만들고 필자가 외람되게 사임당 선생의 그림에 해설을 붙이려고 하니, 우선 두려움이 앞섭니다. 그러나 필자는 서예와 문인화 공부를 수십 년간 연마한 사람으로, 독자의 그림 감상을 조금이나마 돕는다는 측면에서 왈가왈부한 것이니, 독자 여러분께서는 많은 이해 있으리라 생각합니다. 다만 필자의 '보충 해설'로 말미암아 독자 여러분의 그림을 감상하는 눈이 밝아지기를 바라마지 않습니다.

1) 꽈리와 잠자리

○감상 도우미

이 그림 꽈리에는 3개의 꽈리가 열렸고, 옆에는 들국화 같은 꽃이 11송이 피었으며, 두 마리의 벌이 꽃을 찾아 날아오고, 그 위에는 비교적 크게 그린 잠자리 한 마리가 하늘을 날며, 밑의 땅에는 풍뎅이 한 마리가 기어가고 있다.

이는 꽈리를 주장으로 삼고 옆의 들국화 같은 꽃을 종從으로 삼았으며, 잠자리와 벌 그리고 풍뎅이 같은 작은 곤충은 세필로 그린 그림이다.

작은 곤충을 그리기가 더욱 어려운 것인데, 사임당은 유려한 필치로 손색없이 잘 그렸다.

2) 수박

○감상 도우미

이 그림 '수박'에는 큰 수박 1개, 작은 수박 1개를 그렸는데, 큰 수박이 주主이고 작은 수박이 종從이며, 또한 수박 그림 전체가 주主가 되고, 옆에 있는 석죽화가 종從이 된다.

벌과 나비를 각각 2마리씩 그리고, 들쑥날쑥한 석죽화 꽃 6개를 그렸으며, 그리고 밑에 사마귀 1마리가 기어가고 있고, 수박 밑에는 작은 풀이 옆으로 삐쳐 나왔다.

수박은 원래 큰 수박이 열리면 다음에는 작은 수박이 달리는 것으로, 이런 원리를 잘 도입하였고, 벌과 나비는 꽃의 향기를 따라 날아오는 형식을 취했으며, 밑의 바닥에는 사마귀가 먹이를 찾아 엉금엉금 기어가는 형식을 취한 그림이다. 특히 수박의 잎은 그리기가 어려운 것인데, 여성의 섬세하고 유려한 솜씨로 잘 그린 그림이라 할 수가 있다.

3) 가지와 사마귀

○감상 도우미

이 그림 '가지와 사마귀'에는 위에 2마리의 나비가 날고, 아래에는 뱀딸기가 3개 열렸으며, 그 옆에는 사마귀가 엉금엉금 기어가고 있다.

두 본本의 가지를 하나는 크게 그리고, 하나는 작게 그려서 주종主從의 관계를 설정하였다. 가지는 각기 한 개씩 열렸고 3개의 꽃이 피어있다.

요즘 재배하는 가지에는 많은 가지가 열리는데, 이는 거름을 많이 주기 때문이다.

사임당이 살아계실 당시에는 아마도 그림과 같은 빈약한 가지가 아니었을까? 하고 조심스럽게 생각한다.

가지 두 본만 그리고 나니 그림이 허전하여 그 아래에 뱀딸기를 그려서 그 허전함을 보충하였다.

4) 맨드라미와 개구리

○ 감상 도우미

이 그림 '맨드라미와 개구리'에는 맨드라미 1주, 이름 모를 꽃 1주, 그리고 2마리의 벌이 날아오고 밑에는 바래기라는 풀이 있는데, 이 풀의 꽃도 2개 그렸으며, 아래에는 개구리가 위로 뛰어오르려는 듯한 형태를 취하고 있다.

맨드라미를 크게 그려서 주장을 삼고 그 아래에 있는 꽃과 풀은 작게 그려서 종從을 삼았으며, 주종主從[112]이 서로 쳐다보는 향세向勢를 취하여 서로 안기는 듯한 형태를 취했다. 이는 그림을 그리는 격식으로 매우 잘 그린 그림이다.

---

112 주종主從: 주장이 되는 사물과 그에 딸린 사물을 일컬음.

5) 봉선화와 잠자리

○ 감상 도우미

이 그림 '봉선화와 잠자리'에는 봉선화 꽃을 크게 그리고 옆에 이름 모를 파란 꽃을 그렸으며, 위에는 잠자리와 나비가 날고 있다. 그리고 밑에는 여치가 엉금엉금 기어가는 그림이다.

이 그림 역시 주종主從을 명확하게 세우고, 부수적으로 작은 꽃과 풀을 그린 그림이다. 그리고 봉선화 꽃을 많이 그려서 밀密의 형식을 취하였고, 옆에 2개의 이름 모를 파란 꽃을 그려서 소疎의 형식을 취하였으며,[113] 위에서 나는 나비와 잠자리는 주主가 되는 봉선화를 향하여 날고 있으니, 향세向勢를 취한 그림으로 매우 잘 그린 수작이라 할 수가 있다.

---

113 밀密의 형식---취하였으며: 소밀疏密의 관계를 말하니, 성김과 빽빽함이다.

6) 수박과 여치와 나비

○감상 도우미

이 그림 '수박과 여치와 나비'에는 수박 넝쿨에는 수박이 3개 열렸고, 넝쿨 상부에는 2개의 분홍색 꽃을 피웠으며, 그 옆에는 물망초가 파란 꽃을 예쁘게 피우고 있는데, 위에서 나는 나비는 꽃을 향하여 날아오고 있다. 그리고 아래에는 여치 한 마리가 엉금엉금 기어가는 형식을 취한 그림이다. 이는 수박이 주主이고 물망초로 종從을 삼은 그림이다.

위의 2마리의 나비와 아래의 여치 한 마리는 살아 움직이는 생동감을 주기 위해서 그려 넣은 것으로 사료되며, 똑같은 2개의 큰 수박과 한 개의 작은 수박의 그림은 매우 특이한 그림이라 말할 수가 있다. 왜냐면 똑같은 크기의 수박 2개를 그릴 필요는 없지 않았을까? 하고 조심스럽게 의문을 품어본다.

그리고 위에 보이는 수박의 꽃에 분홍 색칠을 한 것이 이채롭다.

7) 수박풀과 개똥벌레

ㅇ감상 도우미

이 그림 '수박풀과 개똥벌레'에는 수박풀과 개똥벌레 외에 만개한 수박꽃이 둘, 반개한 꽃이 하나, 그냥 오므리고 있는 꽃봉이 6개이고, 옆의 채송화는 만개한 꽃이 4개, 그리고 그냥 오므리고 있는 꽃봉이 4개이며, 밑의 땅에는 개똥벌레 2마리가 엉금엉금 기어가고 있고, 위 상부에는 커다란 잠자리가 꽃을 향해 날고 있는 형식을 취한 그림이다.

그리고 하부에는 밑동 부위를 보충하기 위해서 잡초의 잎을 그려 넣었으니, 이런 방식은 옛날과 지금 모두 그림의 빈 곳을 보충하기 위하여 쓰는 방식이다.

이 그림은 어디 한 곳 허점이 없는 매우 간결한 수작이다.

8) 양귀비와 물거미

○감상 도우미

이 그림 '양귀비와 물거미'에는 양귀비와 물거미 외에 나비 2마리가 위에서 날고 있고, 밑의 포기에 잡초를 그려 넣었는데, 이 중의 한 잎이 왼쪽으로 쭉 뻗어서 하늘을 향하여 치솟는 형식을 취하였다.

양귀비는 만개한 꽃이 3개이고, 오므리고 있는 꽃봉이 1개인데, 이 양귀비가 주主의 역할을 담당하고 위의 나비와 밑의 물거미가 종從의 역할을 담당하는 그림이다. 그리고 양귀비 잎을 무성하게 그려서 허虛한 부분을 채운 그림이라 할 수가 있다. 또한 양귀비 꽃에 나비가 날아오고 있으니 서로 호응하는 형식을 취하였고, 아래에 있는 물거미는 생동감을 주기 위해 그려 넣은 것 같다.

생동감이 있다는 것은 살아서 움직이고 있음을 표현한 것으로, 변화하는 우주의 원리를 그림 속에 집어넣은 것이라 할 수가 있다.

9) 오이와 메뚜기

○감상 도우미

이 그림 '오이와 메뚜기'에는 주主인 오이가 길게 뻗어있고, 3
개의 오이가 열렸으며, 3개의 꽃이 피었는데, 꽃의 색이 적색이다.
원래 오이의 꽃은 노란색인데, 적색을 넣은 것은 작가의 상상력에
의한 색깔이 아닌가 하고 생각한다. 그리고 오이 넝쿨에는 지주가
있어야 하는데, 없는 것은 지주대를 넣으면 초충도의 묘미가 살아
질 것 같아서 그냥 상상 속의 지주를 넣고 그린 그림이라 할 수가
있는 것이다.

종從의 역할을 하는 채송화는 꽃 3개가 만개하였고, 아직 꽃
봉으로 있는 것이 4개이다. 이 그림도 어김없이 밑동 부위에 잡초
를 그려서 밑의 허한 부분을 보충하였으며, 위에 두 마리의 나비가
꽃을 향하여 날고 있는 향세向勢를 취하여 다정다감한 그림이 되게
하였고, 아래의 메뚜기는 살아 움직이는 변화하는 우주의 법칙을
그림 안에 넣은 것이다.

10) 원추리와 벌

○ 감상 도우미

이 그림 '원추리와 벌'에는 주主가 되는 원추리를 크게 그렸는데, 만개한 꽃이 1개, 반개한 꽃이 1개, 그리고 꽃봉이 하나이다. 그리고 잎은 난초 잎처럼 그렸는데, 다만 5잎만을 그려서 한 포기의 정갈한 맛이 나게 하였으며, 옆에는 반개한 꽃 7개를 그려 넣은 국화인 듯한 꽃이다.

이 그림 역시 밑동 부위에 잡초를 그려서 허虛한 부위를 보충하였고, 위에는 벌 2마리가 꽃을 향하여 날아오는 그림으로 향세를 취한 그림으로, 다정다감한 그림을 연출하였다.

11) 물새

○감상 도우미

이 그림 '물새'는 그냥 담묵淡墨만을 사용하여 그린 그림이다.

가운데에 주主가 되는 물새를 그렸는데, 물새가 얕은 물을 밟고 있으며, 옆에는 갈대숲을 그렸고, 물새의 앞과 뒤에는 약간의 태점苔點을 찍어서 물이 드러나 있음을 표현한 것이다.

조수鳥獸의 그림은 눈을 잘 그려야 하는데, 이 물새는 머리를 약간 돌려서 옆을 쳐다보는 형식을 취하였다. 왜 이런 형식을 취하였는가 하면, 그냥 앞만 보고 있으면 그림이 밋밋하여 재미가 없으니 일부러 머리를 돌려놓아서 감상자에게 상상의 여지를 부여한 것으로 봐야 한다.

이런 그림은 간결함에서 묘미를 찾는 그림으로 수작이다.

12) 물소

이 그림 '물소'는 그림이 너무 오래된 그림으로 보관상태가 좋지 않아서 물소의 뿔이 위로 솟아있어야 하는데, 하필 이 부분이 퇴색되어서 마치 코끼리 코처럼 보이는 그림이다.

사임당이 사시던 당시에 조선에는 '물소'가 살지 않았다. 다만 서각犀角이라는 물소의 뿔을 한의원에서 한약으로 사용하였으니, 물소의 이름은 알고 있었을 것으로 추정한다.

필자의 생각에는 아마도 이 그림은 도판圖版 등의 그림을 보고 시험적으로 한 번 그려본 그림이 아닌가 하고 조심스럽게 생각한다. 하지만 그림의 구도가 너무 훌륭하다고 봐야 한다.

물소가 뭍에서 시냇물로 들어가는 형식을 취했는데, 그 옆에는 물가에 있는 큰 바위를 그리고, 그 앞에 작은 바위도 그렸으며 자연스러운 시내의 모습을 연출하였다. 그리고 살진 물소의 모습은 풍요롭고 평화로운 시대의 모습을 연상하게 한다.

13) 사임당의 산수화 1

화제의 시는 맹호연孟浩然이 지은 '건덕강建德江[114]에서 숙박하다'라는 시이다.

배 저어 안개 낀 포구에 대었는데

해 지니 나그네 수심 새롭다네.

너른 들의 하늘 수림에 닿았는데

맑은 강의 달 사람과 가깝다네.

移舟泊煙渚(이주박연저)

日暮客愁新(일모객수신)

野曠天低樹(야광천저수)

江淸月近人(강청월근인)

ㅇ감상 도우미

이 산수화는 해가 서산으로 넘어가는 가을풍경이다. 전면에는 산을 그리고, 왼쪽의 작은 언덕에 약간의 나무를 그렸으며, 이 언덕 아래는 넓은 바다가 있고, 가장 오른쪽에 초서로 화제畵題를

---

114 건덕강建德江 : 신안강新安江이라고도 한다. 전당강錢塘江의 상류인데, 절강성 건덕현에 위치해 있으므로 '건덕강'이라 명칭한 것이다.

썼으니, 이 화제가 일품의 명필이다.

이 화제가 이 그림을 확 살아나게 하는 기능을 한다.

왼쪽 언덕 아래에는 작은 돛단배가 나루에 배를 대려고 한다. 배 안에 사공이 보이는데, 이 사공이 있어서 살아 움직이는 그림이 되었고 변환하는 우주와 합치하는 그림이 된 것이다.

원래 사임당은 세종 때의 화가 안견의 그림을 보고 산수화를 배웠다고 아드님인 율곡선생이 《율곡전서》 '선비행장'에 기록하고 있다.

필자 역시 산수화를 배운 사람으로, 이 그림과 같이 그리려면 수십 년의 세월을 연마해야 한다. 그런데 사임당은 그림 도판을 보고 연습하였다고 하니, 아마도 그림 같은 예능에는 천재 중의 천재인 듯하다.

《사임당의 산수화 1》, 출처: 국립중앙박물관

이 그림은 '사임당의 생애와 예술'에서 발췌하여 게재하였다.

14) 사임당의 산수화 2

화제의 시는 이백李白이 지은 '장사인張舍人을 강동으로 보내며(送張舍人之江東)'라는 시이다.

"장한張翰[115]이 강동으로 떠나가니

바로 가을바람일 때였다오.

하늘은 맑은데 기러기 한 마리 멀리 날아가고

바다는 넓은데 외로운 배 느리게 떠가네.

밝은 해 장차 저물려 하고

푸른 물결 아득하여 기약하기 어려워라.

오주吳洲에서 만약 달 보거든

천리千里에 부디 이 몸 생각하시오.

바로 가을바람 부는 때였네."

라는 율시에서, 함연頷聯[116]과 경연頸聯[117]을 따와 화제로 쓴 작품이다.

----

115 장한張翰: 진晉나라 때 강동江東 오중吳中의 장한이 일찍이 낙양洛陽에 들어가 동조연東曹掾으로 있다가, 어느 날 가을바람이 일어나는 것을 보고, 자기 고향의 순챗국〔蓴羹〕과 농어회〔鱸魚膾〕를 생각하면서, "인생은 자기 뜻에 맞게 사는 것이 중요한데, 어찌 천리 밖에서 벼슬하여 명작名爵을 구할 필요가 있겠는가." 하고, 마침내 수레를 명하여 고향으로 돌아가버린 데서 온 말이다.

116 함연頷聯: 한시漢詩의 율시律詩에서, 셋째 구句와 넷째 구를 이르는 말.

張翰江東去(장한강동거)

正值秋風時(정치추풍시)

天晴一鴈遠(천청일안원)

海闊孤帆遲(해활고범지)

白日行欲暮(백일행욕모)

滄波杳難期(창파묘난기)

吳洲如見月(오주여견월)

千里幸相思(천리행상사)

○감상 도우미

이 산수화는 오른쪽의 언덕 앞에서 그린 그림이고, 전면의 그림은 왼쪽에서 구도를 잡은 그림으로 사료된다. 그렇기에 왼쪽에 화제畫題를 썼다.

이 그림 역시 해가 서산에 넘어가는 석경夕景으로, 서산을 바라보면서 그린 그림이다. 산 밑에는 넓은 바다가 있고, 가운데에 돛단배가 유유히 떠가는 그림이다. 돛단배 안에는 사공이 앞에서 노를 젓는 모습이 보이는데, 이 뱃사공이 있기 때문에 이 그림이 살아서 움직이는 그림이 된 것이고, 그리고 천지우주의 변환하는 이치에 부합하는 그림이 된 것이다. 수작이다.

---

117 경연頸聯: 한시漢詩의 율시律詩에서, 다섯째 구句와 여섯째 구를 아울러 이르는 말.

《사임당의 산수화 2》, 출처: 국립중앙박물관
이 그림은 '사임당의 생애와 예술'에서 발췌하여 게재하였다.

(4) 아들과 딸의 기록

※사임당은 아들 4명과 딸 3명을 낳았으니, 첫째는 아들 선璿이고, 둘째는 딸 매창梅窓
(남편, 趙大男)이며, 셋째는 아들 번璠이고, 넷째는 딸(남편, 尹涉)이며, 다섯째는 아들 이
珥이고, 여섯째는 딸(남편, 洪天祐)이며, 일곱째는 아들 우瑀이다.

1) 장남 선璿

● **선璿 묘지명**(아우 이율곡이 짓다)

형님의 휘諱는 선璿이고, 자字는 백헌伯獻이니, 덕수이씨이다.

부친의 휘는 원수元秀이니, 사헌부 감찰이고 증직으로 숭정대
부 의정부 좌찬성議政府左贊成이며, 모친은 평산신씨이니, 증직으로
정경부인이고, 조부의 휘는 천蕆이니, 증직으로 자헌대부 이조판서
이며, 조모는 남양홍씨이니 증직으로 정부인貞夫人이고, 증조의 휘
는 의석宜碩이니 경주부 판관慶州府判官이고 증직으로 가선대부 사
헌부 대사헌司憲府大司憲이며, 증조비는 해주최씨이니 증직으로 정
부인이다. 3대의 증직贈職[118]은 율곡의 벼슬에 따라 이루어진 것이
다.

백씨伯氏(형님)는 가정嘉靖 갑신년(1524, 중종 19) 9월 기축일

---

118 증직贈職 : 죽은 뒤에 품계와 벼슬을 추증하던 일. 종이품 벼슬아치의
부친, 조부, 증조부나 충신, 효자 및 학행學行이 높은 사람에게 내려
주었다.

에 한성에서 출생하였다. 어려서 가정에서 공부하고 여러 번 과거에 응시하였으나 급제하지 못하였고, 갑자년(1564, 명종 19) 가을에 비로소 태학太學[119]에 올랐으며, 융경隆慶 경오년(1570, 선조 3)에 처음으로 벼슬길에 올라 남부참봉이 되었으며, 그해 8월 정사일에 병으로 한성에서 졸하였으니, 향년이 47년이고 10월에 선영의 뒤편에 장사하였다.

평생 외모를 꾸미지 않았고 남과 어긋나지 않았으며, 어려서부터 장성함에 이르기까지 남을 미워하는 일이 없었다. 선산곽씨에게 장가들었으니, 전 습독習讀[120] 연성連城의 여식이니, 집은 회덕에 있는데, 결혼한 지 15년에 과부가 되었으며, 자식은 남녀 각각 둘씩을 두었다.

이珥(율곡)가 관직에서 물러나 쉬고 있으면서 해주에 집을 지었는데, 곽씨郭氏(형수)는 회덕에서 어린 자식을 거느리고 선주先主(아버지)를 모시다가 해주로 옮겼다. 만력 경진년(1580, 선조 13) 겨

---

119 태학太學: 조선시대에, 유학의 교육을 맡아보던 관아. 공자를 제사하는 문묘와 유학을 강론하는 명륜당 따위로 이루어지며, 태조 7년(1398)에 설치하여 고종 24년(1887)에 경학원으로 고쳤다가 융희 4년(1910)에 없앴다.

120 습독習讀: 조선시대에, 훈련원, 승문원, 사역원, 관상감, 전의감 등에 두었던 종육품~종구품의 임시 벼슬, 또는 그런 벼슬아치. 각기 이문·중국어·천문학·의학·군사학 관계의 지식을 강습시키기 위해 선발되었다.

울에 이珥는 임금의 부름을 받고 서울에 들어와서 귀향하지 못하였고, 형수는 명년 봄에 가솔을 이끌고 다시 서울에 와서 우거하였는데, 곽씨郭氏는 혹 동쪽으로 이사하고 혹은 서쪽으로 이사하면서 이珥의 말을 한 번도 어기지 않았으니, 이는 부인으로 하기 어려운 일이다.

임오년(1582) 7월에 병에 걸려 8월 신축일에 마침내 일어나지 못하였으니, 향년이 46년이다. 이 해 10월에 백씨의 옆에 부장하였으니, 바로 파주 두문리이다.

아들은 경진景震과 경항景恒이고, 여식은 선비 조덕용趙德容에게 출가하고 하나는 어리다. 경진은 안수기安守基의 여식에게 장가들어서 딸을 낳았으니, 어리다. 명銘[121]을 한다.

> 貧而家食 /가난하여 집에서 궁하게 살았으니
> 位止一命 /직위는 일명一命[122]에 그쳤다네.
> 天胡偏塞 /하늘이 어찌 편협하게 막으면서
> 壽又不永 /수명도 또한 길지 않았는가!
> 氣有屈伸 /기운은 굴신屈伸함이 있는 것이니
> 惟冀後慶 /후일의 경사를 기대한다네.

---

121 명銘 : 금석金石, 기물器物, 비석 따위에 남의 공적을 찬양하는 내용이나 사물의 내력을 새기다. 흔히 한문 문체 형식으로 하는데, 대개 운韻을 넣어 넉 자가 한 짝이 되어 구句를 이루게 한다.

122 일명一命 : 처음으로 벼슬자리에 임명된 사람.

●**지낭부**智囊賦(이선李璿이 지었다)

베와 비단을 옷장 속에 쌓아둠이여!

옷 만들어 입으면 헤어질 것이네.

양식을 자루에 넣어 예비함이여!

풀어내어 먹으면 계속하기 어렵다네.

지혜 저장하는 주머니 만들면

무궁무진하게 기묘한 술책 가득하다네.

본체는 비록 한 몸속에 숨어있어도

쓰임은 사방에 퍼진다네.

하늘과 땅의 이치를 그 속에 넣으면

온 우주가 주머니에 들어가니

어찌 곡식과 비단에 견주겠는가!

진실로 그 용도가 끝이 없도다.

아! 이 넉넉함을 널리 베풂에

분주하게 내고 들임을 헤아리기 어렵다네.

안으로는 심술心術 갖추어 운용하고

밖으로는 눈과 귀로 살핀다네.

남의 마음 말하지 않아도 헤아리는데

물정物情은 보이지 않는 속에서도 헤아린다네.

세상 이치 교졸巧拙함을 탐색함이여!

화복禍福의 이롭고 해로움을 살피도다.

곧 나의 일을 계산함이여!

한 몸의 거처함과 기름을 헤아리고

또한 천하의 일을 다하리로다.

만세의 형통함을 기대하는데

그러나 지극히 잘하는 자를 도리어 졸렬하다 한다네.

지혜 없는 자에게 패하지 않는 자 드문데

한갓 기예에 힘쓰고 사휼詐譎한 술책 힘쓴다네.

어찌 계책 갖추지 못함을 걱정하나!

바른길에서 어긋남을 숨김이여!

의당 화와 재앙을 부르도다.

예전 역사에 실패함이 생각남이여!

조조晁錯[123]의 중상 입음을 슬퍼한다네.

---

123 조조晁錯: 한 문제漢文帝 때의 문신으로, 재변才辯이 뛰어나 지낭智囊
이라고 일컬어졌다. 그가 경제景帝 때 강성해진 제후諸侯들을 억제하
기 위하여 그들의 봉지封地를 축소하려 하자 오吳, 초楚 등 칠국七國
이 반란叛亂을 일으켰다. 그로 인해 그 반란의 원인 제공자라는 이유
로 참형斬刑을 당하였다. 이때 그는 평소에 사이가 나빴던 원앙袁盎
의 밀계密啓로 인하여 억울하게 조복朝服을 입은 채 동시東市에서 참
살당하였다. 《漢書 卷49 晁錯傳》

임금과 신하가 만난 때를 당하여

충성을 바치고 옳은 건의 올렸다네.

일하는 바에 지혜와 계책 다했는데

오직 나라 있음만 알고 나 있음은 알지 못한다네.

이미 호號 내림이여 그 이름 지낭智囊인데

더욱더 충성 다하기에 마음 두었다네.

나의 생각과 지혜 깊지 못함을 걱정하는데

나의 지혜와 계책 정미하지 못함을 염려한다네.

혐의 피하지 않으면서 방책을 세움이여!

과단성을 분발하여 일 마치기를 도모한다네.

일곱 나라에 도전하여 화를 만듦이여!¹²⁴

마침내 참소의 칼날에 죽임을 당하였다네.

아! 그대의 어리석음이여!

대도大道의 영수되기에 어두웠다네.

다만 지혜 높일 줄만 알고

---

124 일곱---만듦이여!: 지낭智囊은 슬기가 많은 사람을 일컬은 말이다. 조
조晁錯는 한 문제漢文帝 때의 문신으로, 그는 특히 재변才辯이 뛰어나
서 지낭으로 일컬어지기도 했었으나, 그가 경제景帝 때에 이르러 강성
해진 제후諸侯들을 억제하기 위하여 그들의 봉지封地를 삭감하려 하
다가 오吳·초楚 등 칠국七國이 이에 반란叛亂을 일으키자, 마침내 그
반란의 원인 제공자라는 이유로 참형斬刑을 당했던 데서 온 말이다.

바르게 몸 경계함을 모른다네.

계획을 시행하지 못하고 죽임을 당하였으니

어찌 그 지혜 주머니를 믿을 수 있으랴!

그러므로 군자가 통달하는 길은

바르게 살면서 순리 따름을 귀히 여긴다네.

단지 평이하게 살면서 천명을 기다려야 하는데

어찌 험한데 행하면서 요행하길 바라는가!

대도大道를 따라 수행하고

마음 안정시킴에 힘쓰며

지혜를 숭상하지 말고 덕을 높일지니

진실로 몸을 보호하는 것이 밝은 철학이라네.

거듭 경계하나니

사특한 지혜는 실패하고

지혜가 바른 자는 복을 받는다네.

사특함과 정직함에 따라

잃기도 하고 얻기도 한다네.

어찌 이를 보지 않는가!

이로써 법을 삼을지라.

밝게 취하고 버림이여!

끊임없이 노력할지라.

2) 장녀 매창梅窓 여사

※ 사임당의 장녀인 매창 여사는 어머니 사임당을 쏙 빼닮았다고 합니다. 학식과 인격, 지혜와 시와 그림, 그리고 여성이 꼭 갖추어야 할 바느질과 자수에 이르기까지 어머니 사임당을 그대로 이어받았다고 합니다. 그러나 500여 년이 지난 지금 남아있는 유물은 서화 몇 점뿐이고, 한시는 이 발문을 쓴 옥산의 후손 이서李曙의 집안 병풍에 2수가 있었지만, 지금은 전하지 않는다고 하니, 통탄할 일입니다. 이에 필자는 이서李曙의 발문 중에 매창 여사 부분의 문장만을 발췌하여 아래에 소개하려고 합니다.

● **발문**跋文

가전家傳하는 서화첩의 발문 가운데 매창 여사 부분의 문장을 발췌한 것이다. 작자作者는 이서李曙이다.

…돌아보면 그들 서화는 이미 모두 장정裝幀[125]하였고, 다만 한 폭의 작은 그림이 떨어져서 책 상자에 있는 것을, 매창의 시화詩畵와 같이 작은 첩帖으로 만들려고 하였다.

매창梅窓은 여자 중의 군자이니, 일찍이 어머니의 가르침을 받아서 움직일 적에는 여인의 법도를 따랐고, 또한 재주와 지식은 남들보다 월등히 나았으며 지혜는 매우 깊었다.

세상에 전하는 말에 의하면, 율곡이 매양 의문이 있으면 누이인 매창에게 나가 문의하였으며, 또한 오랑캐의 난리(1583, 선조 16년)에 율곡이 병조판서로 있을 적에 북방에 쳐들어온 이탕개尼湯

---

125 장정裝幀: 책을 꿰어 맴.

介의 난리가 있을 것을 미리 알았고, (이곳의 5자는 잘 보이지 않는
다) 그(누이 매창을 말함)의 말을 많이 따랐다고 하니, 본시부터 천
품도 훌륭하였는데, 교육받은 힘도 또한 숨길 수가 없었다.

요즘 우연히 선조의 옛 문적을 뒤졌는데, 수백 년 뒤에 갑자
기 그녀가 남긴 문적을 보았으니, 시의 운치는 청신하고 서법의 글
씨는 정교하였으니, 진정 그 어머니에 그 딸이었다. '그를 사랑하
면 그 집 지붕에 앉은 까마귀도 사랑한다.'고 하는 말과 같이 그가
끼친 필적을 아끼는 생각이 일어났으므로, 그림은 옥산玉山(동생)
의 작은 그림 오른편에 붙이고, 시는 사임당의 시구 아래에 놓았으
니, 그림은 여섯 첩이고 시는 겨우 몇 수이었다. '한 점 고기를 넣고
국을 끓이면 온 솥의 맛이 고기의 맛이 된다.'고 하니, 하필 유품이
많아야만 하겠는가!

| 보충 설명 |

매창 여사는 사임당의 장녀이니, 중종 24년(1529)에 출생
하였다. 외할머니 용인이씨와 어머니 신사임당처럼 여성으로
서 갖추어야 할 규범閨範을 모두 갖추었고, 그리고 학문과 예
술적 재능도 뛰어났던 것으로 알려져 있다.

더욱이 예지의 능력이 있어서 선조 16년(1583)에 있었던
이탕개尼湯介의 난리가 있을 것을 미리 알고 당시 병조판서로

있던 동생 이율곡 선생에게 알려주었고, 10만 양병설養兵說을 제창하게 한 단초를 주었지 않았는가 하고 생각한다. 이 얼마나 탁월한 예지의 능력인가! 그러나 당시 선조 조정에서 이 10만 양병설養兵說을 받아들이지 않아서 선조 25년(1592)에 임진왜란이 일어났으니, 당시 여사는 64세로서 아들 조인趙繗·조영趙嶸·조준趙峻 등을 데리고 원주 영원성으로 피란을 갔다가 8월 25일에 성이 무너짐으로 인하여 아들 인繗이 어머님(매창)을 업고 달아났으나, 왜적을 피하지 못하고 몸으로 어머니를 막고 항거하다가 마침내 적의 칼날에 여사와 맏아들 인이 같이 희생되었고, 둘째 아들 영嶸은 그 자리에 없었으며, 셋째 아들 준峻은 어머니와 맏형을 막아내다가 왜적의 칼에 넘겨졌으나, 다행히 나중에 깨어났다고 하니, 왜란이 일어날 것을 미리 알고 아우 율곡에게 10만 양병설養兵說의 빌미를 제공한 여사가 결국 왜적의 칼날에 쓰러지는 아이러니한 일이 벌어진 것이다.

당시 선조가 만약 율곡의 10만 양병설養兵說을 받아들였다면, 왜적에게 맏아들과 함께 죽는 일은 없었을 것이니, 매우 안타까운 일이 아닐 수가 없다.

● 매창의 그림 매화와 달

○ 감상 도우미

이 그림은 매화나무의 원 둥치에서 새순이 올라와서 꽃을 피운 아름다운 그림이다. 그 위에 보름달이 희미하게 보이니, 이는 달빛에 보이는 매화를 그린 것이다.

왼쪽에 주主가 되는 쭉 뻗은 가지가 높이 솟아있고 오른쪽에 종從이 되는 작은 가지가 올라왔으며, 꽃의 빽빽함과 성김도 잘 갖추어서 그린 그림으로 수작이다.

밤에 풍기는 매화의 향기를 연상하며 그린 그림으로 아마도 여성적 아름다운 향기를 생각하면서 그린 그림이 아닌가 하고 생각한다.

《매창매화도梅窓梅花圖》

강릉시 오죽헌시립박물관 소장, 출처: e뮤지엄

●매창의 그림 참새와 대나무

○감상 도우미

이 그림은 위와 아래에서 서로 쳐다보고 있는 참새 두 마리가 주主가 되고, 작은 대나무는 부수적인 것으로 종從이 된다.

이 참새는 매우 살찐 예쁜 모습을 그린 그림이다. 위에서 나는 참새와 아래에 앉은 참새가 서로 쳐다보고 있으니, 이런 그림을 조응하는 그림이라고 한다. 이렇게 서로 조응해야 아름다운 그림이 되는 것이다. 장소는 대밭이고, 옆에 죽순이 나와 있는 것으로 보아 늦은 봄날의 풍경이다.

> ※매창의 그림 매화와 달과 참새와 대나무는 성문각 편 '사임당의 생애와 예술'에서 발췌하여 게재하였다.

《참새와 대나무》
이매창李梅窓, 강릉시 오죽헌시립박물관 소장

3) 2남 정재定齋 이번李璠

번璠의 자字는 중헌仲獻이고, 호號는 정재定齋이니, 사임당의 둘째 아들이다. 번璠이 아우 율곡에게 "관직에서 물러나기를 권한 다(勸栗谷引退)."라는 글 한 편이 전하는데, 이 글 한 편만 보아도 이 번李璠의 학식이 높고 고상함을 알 수가 있다.

●**율곡에게 관직에서 물러나기를 권하다**(勸栗谷引退)

베옷 벗고 벼슬에 오른 뜻은
본래 집이 가난하기 때문이었는데
어찌 과분한 은혜 받음을 생각이나 했겠는가!
영달이 날로 더욱 새로울 줄을…

재주 부족하니 옥당에 맞지 않은데
물러나려고 대궐문에서 세 번이나 간청하였다네.
다행히 임금의 은혜로 물러남을 허락받았는데
스스로 영영 하나의 한가한 평민이 되려고 하였지.
아침에 임금의 은혜 감사한 노래 부르고 끝냈는데
저녁에 임금의 글이 임진 나루에 떨어졌으니
비로소 상소가 삼사三司에 머문 줄을 알았는데

성상께서 깨우치고 외로운 신하 부르심을 알았다네.

끝없이 나오는 시국 폐단 누가 바로잡을까!

공자 맹자가 다시 나와도 그 뜻 펴지 못할 것인데

더구나 공자와 맹자만 못한 자일까!

이 임금 이 백성을 요순시대 사람으로 만들려는가!

어렵도다. 저 어리석은 선비여!

인의仁義에 부합하려 함이 예조枘鑿[126]에 부합함 같다네.

송宋나라 신하가 모두 정자程子[127]와 주자朱子[128]이었다면.

응당 고르게 다스려졌을 것인데

설거주薛居州[129] 한 사람이 저 혼자 송나라를 어찌하리오.

산속으로 물러 나와 정신을 기름만 같지 못하다네.

---

126 예조枘鑿: 예枘는 네모난 촉꽂이, 조鑿는 둥글게 판 구멍. 즉 네모난 촉꽂이는 둥글게 판 구멍에 맞지 않는다는 뜻임.

127 정자程子: 중국 송나라의 유학자 정호程顥와 정이程頤 형제를 높여 이르는 말.

128 주자朱子: '주희'를 높여 이르는 말.

129 설거주薛居州: 임금 가까운 곳에 현인賢人이 별로 없어서 임금을 개도開導하기 어려울 것이라는 걱정을 말한다. 송宋나라의 선사善士인 설거주와 같은 사람이 왕의 곁에 많이 있으면 왕이 불선不善을 행하지 못하겠지만, 설거주와 같은 사람이 없으면 왕이 어떻게 선을 행하겠느냐고 탄식한 내용이 《맹자》〈등문공滕文公 하下〉에 나온다.

나라 위하는 신하는 쫓거나 용납이 안 되는데
제집 위하는 신하만이 조정에 늘어섰다네.
악폐 하나 고치려면 많은 비방 모여드는데
사람들은 옛 버릇 그대로 따르려고 한다네.
어떻게 다시 태평성대를 회복하여
어진 정사 펴서 일가와 이웃의 적폐 없앨 것인가!

세상이 잘 다스려지려면
어진 사람 등용되고 못난이는 엎드리는데
세상이 어지러워지려면
착한 사람 원수 같이 질투하나니
동대문에 의관 걸어놓고 대궐 하직함만 같지 못하다네.

| 보충 설명 |

　이번李璠은 율곡의 둘째 형이다. 비록 과거시험에는 붙지
못하였지만, 세상 돌아가는 것을 보는 눈은 밝았던 모양이다.
　조정에서 벼슬하고 있는 관료들 모두 사리사욕에 몰두하
는데, 율곡 그대 혼자 그곳에서 임금은 요순 같은 임금을 만들
고, 백성은 요순시대의 백성들 같이 만들려고 힘쓴들 그렇게
되겠는가! 이는 공자와 맹자 같은 성인도 불가한 일이니, 빨리

그대의 의관을 동대문에 걸어 던지고 조정을 하직하라는 시이다.

사람이 세상을 살아가는 데는 반드시 과거에 급제하는 것이 제1의 과제가 되어서는 안 된다. 그러나 예나 지금이나 고시에 합격해야 정부의 관료가 되어서 국가를 위해 큰일을 할 수가 있는 것이다. 그러나 사람의 머리는 젊어서 잘 통하는 사람이 있는가 하면, 혹 젊은 시절을 지난 뒤에 잘 통하는 사람도 많은 것으로 안다.

이곳 이번李璠은 아마도 후자에 해당하는 인물이 아니었을까 하고 생각한다. 똑같이 사임당의 몸에서 나왔지만, 동생 율곡은 천재 중의 천재로 통한데 반하여 형인 이번李璠은 그렇지 못하니 하는 말이다. 그러나 세상을 보는 눈은 밝아서 어지러운 관료의 세계에 몸을 담그고 있는 동생 율곡을 안타깝게 여기면서 이와 같은 시를 지어서 보여주었을 것으로 생각한다.

4) 둘째 딸과 사위 윤섭尹涉

사임당의 둘째 딸은 정재定齋 이번李璠의 다음이고, 셋째 아들 율곡 이이李珥의 바로 위의 누이이며, 남편 파평인 윤섭尹涉의 부인 이다.

《율곡선생문집》에 '율곡선생유사'가 있는데, 이곳에 이런 기록이 있다.

"선생(율곡)이 일찍이 황해도 감사가 되었을 때 황주에 이르러 기생 유지柳枝를 알게 되었다. 유지柳枝는 본래 그곳 선비의 딸이었는데, 기생이 되어서 선생을 모시었으나, 선생은 정욕을 채우지는 않았다. 그 뒤에 선생이 혹 중국의 사신을 영접하는 일로, 또는 혹 누이의 집을 방문하는 일로 황주에 올 때는 언제나 유지柳枝가 침실에서 모시었으나 선생은 밤새도록 불을 밝혀놓고 가까이하지 않고 시를 지었다."
라고 적혀있다. 이 이야기는 율곡선생의 로맨스적 일화로 유명한 이야기이지만, 이 문장 속에 '누님의 집을 방문하는 일로 황주에 이르는 때면'이라는 글로 보아 사임당의 둘째 딸은 황해도 황주에 산 것을 알 수가 있다.

5) 셋째 아들 율곡栗谷 이이李珥

※구도장원九度壯元으로 유명한 율곡선생은 조선 유학의 정점에 서있는 유학자이다. 재
  사단명才士短命이라는 속언과 같이 49세에 졸서卒逝하였지만, 국가를 위해 충성을 다
  하고 훌륭한 인재를 많이 양성하였으며, '10만 명의 군대를 양성해야 한다.'고 당시 임
  금인 선조께 건의했다는 말씀은 너무나 유명한 이야기이다.
  조선의 유학은 크게 두 줄기로 형성되어 있는데, 기호학파의 중심에는 율곡선생이 서
  있고, 영남학파의 중심에는 퇴계선생이 서섰다. 이 두 줄기의 학파에서 조선의 관료가
  거의 다 배출되었다고 해도 과언이 아니다.
  이런 큰 인물의 한 사람이 사임당의 아들이라는 것은 사임당의 행운이라고 봐야 한다.
  이 점이 사임당이라는 인물이 형성되게 하는데 많은 도움이 되었음은 물론이다.
  율곡선생이 남긴 글은 수없이 많아서 이곳에 다 싣지 못하고, 다만 선생의 일생의 이
  력과 시 몇 수를 게재하려고 한다.

● 율곡선생 연보

1세 ⋯ 12월 26일(음력) 인寅시(오전 4시)에 강릉 북평촌北坪
村(지금 강릉시 죽헌동竹軒洞 201번지) 외가에서 탄생. 이때 아버지 이
원수李元秀 공은 36세요, 어머니 사임당은 33세이다. 태어난 방을
몽룡실夢龍室이라 명하고 국가, 보물 제165호로 지정하여 보존하
고 있다.

3세 ⋯ 글을 읽기 시작하였다.

5세 ⋯ 어머니 사임당이 병환 중에 있어 온 집안이 분주한 틈
에 선생은 외조부 사당 앞에 가서 기도하고 있었으므로, 모든 사
람이 경탄하기를 금치 못하며 달려가서 달래어 데리고 돌아오
다. 또 어느 날 큰비가 와서 마을 앞 시냇물이 넘치는데, 내를 건
너가던 행인이 발을 잘못 디뎌서 넘어지자 모두 박장대소를 하

였지만, 오직 선생만은 기둥을 붙들고 혼자 애를 쓰면서 걱정하다가 그가 안전하게 됨을 보고서야 안심하는 빛을 띠다.

6세 … 강릉에서 어머니를 따라 상경하다. (그때 서울의 집은 수진방壽進坊, 지금의 수송동壽松洞과 청진동淸進洞)

7세 … 어머니께 글을 배웠는데, 스스로 문리에 통했으며, 논어論語, 맹자孟子, 중용中庸, 대학大學 등을 어렵지 않게 스스로 깨달아 앎. 진복창전陳復昌傳을 지음.

8세 … 파주坡州 율곡리栗谷里에 있는 집안 정자 화석정花石亭에 올라 시를 짓다.

9세 … 『이륜행실二倫行實』을 읽다가 옛날 장공예張公藝의 9대 가족이 모두 한집에 살았다는 것을 읽고 그를 사모한 나머지 형제들이 부모를 받들고 같이 사는 그림을 그려놓고 바라보다.

10세 … 경포대부鏡浦臺賦를 지었다.

11세 … 아버지가 병환이 나자, 선생은 팔을 찔러 피를 내어 바치고 사당 앞에 엎드려 기도하다.

13세 … 진사進士 초시初試에 장원으로 올라 학문의 명성이 자자해지다.

16세 … 5월에 어머니 사임당이 별세하다. 그래서 『어머니 행장行狀』을 짓다.

19세 … 우계牛溪 성혼成渾(선생보다 1년 위)과 도의의 사귐을 맺어 평생 변하지 아니하다. 어머니 묘소에서 3년 시묘侍墓를 하다. 3월, 어머니를 잃은 슬픔에 금강산金剛山으로 들어가 불교에 심취한 바 있다.

20세 … 봄에 다시 속세로 돌아와 강릉 외조모(이씨)께로 가다. 거기서 스스로 경계하는 글『자경문自警文』을 짓다.

21세 … 봄에 서울 집으로 돌아오다. 한성시漢城試에 장원급제하다.

22세 … 9월에 성주星州목사 노경린盧慶麟의 따님 곡산谷山 노씨盧氏에게 장가들다.

23세 … 봄에 경상북도 예안禮安으로 퇴계退溪 이황李滉 선생을 찾아가 뵙고 학문을 물으니, 그때 퇴계退溪는 선생보다 35세 위며, 돌아오는 길에 선산善山 매학정梅鶴亭에 들러 고산孤山 황기로黃耆老를 만나다. (이것이 인연이 되어 뒷날 아우 우瑀가 고산孤山의 따님과 결혼하게 된 듯함.)

26세 … 5월에 아버지 이원수李元秀 공이 별세하므로, 어머니 무덤에 합장하다.

29세 … 봄에 청송聽松 성수침成守琛 선생의 별세에 곡하고, 이어 그의 행장을 짓다. 7월에 생원生員, 진사進士에 오르다. 8월에 명경과明經科에 역수책易數策으로 장원급제하여 호조좌랑戶曹佐郎에 임명되다.

30세 … 봄에 예조좌랑禮曹佐郎으로 옮기다.

31세 … 사간원 정언에 임명되다. 겨울에 이조좌랑이 되어 관계의 흐린 행습을 바로잡다.

32세 … 명종의 만사를 짓다.

33세 … (선조宣祖 1년, 서기 1568년) 2월에 사헌부司憲府 지평持平에 임명되다. 4월에 장인 노경린盧慶麟이 별세하다. 11월에 다시 이조좌랑吏曹佐郎에 임명되었는데, 강릉 외조모 이李씨의 병환이 급하다는 소식을 듣고 벼슬을 버리고 강릉으로 돌아가다. (이때 간원諫院에서는 본시 법전에 외조모 근친하는 것은 실려 있지 않다 하여 직무를 함부로 버리고 가는 것은 용서할 수 없는 일이라 하여 파직을 청하였으나, 선조宣祖는 비록 외조모일지라도 정이 간절하면 가볼 수도 있는 것이며, 또 효행에 관계된 일로 파직시킬 수는 없다 하고 듣지 아니하다.)

34세 … 6월에 홍문관 교리에 임명되어 7월에 서울로 올라오다. 9월에 "동호문답"을 지어 올리다. 10월에 임금의 특별휴가를 얻어 강릉 외조모께로 가니, 외조모 이씨가 90세로 별세하다.

35세 … 4월에 교리에 임명되어 서울로 돌아오다. 8월에 맏형 이선李璿이 별세하다. 10월에 선생 자신이 병으로 사면하고 해주 야두촌으로 돌아가니, 거기는 바로 선생의 처가이다. 12월에 퇴계선생의 부음을 듣고 영위를 갖추어 멀리서 곡하다.

36세 … 정월에 해주로부터 파주 율곡리로 돌아가다. 여름에 다시 교리에 임명되어 불려 올라와, 곧 의정부 검상사인 홍문관 부응교 지제교 겸 경연시독관 춘추관 편수관으로 옮겼으나, 모

두 병으로 사퇴하고 해주로 돌아가다. 어느 날 학자들과 함께 고
산高山 석담구곡石潭九曲을 구경하고 해가 저물어 돌아오다가 넷
째 골짜기에 이르러 송애松崖라 이름하고 기문을 지으며 또 남은
여덟 골짜기에도 모두 이름을 붙여 기록하고 드디어 은거할 계
획을 세우다. 6월에 청주목사에 임명되어서 국민 교화에 힘쓰면
서 손수 향약鄕約을 기초하여 백성들에게 실시하다.

37세 … 3월에 병에 걸려 서울로 돌아와 여름에 율곡리로 돌
아가다. 이때 저 유명한 이기설理氣說 때문에 우계牛溪 성혼成渾
선생과 이론을 전개하기 시작하다.

38세 … 7월에 홍문관 직제학에 임명되자, 병으로 사퇴코자 하
였으나 허락받지 못하고 부득이 올라와 세 번 상소하여 허가받
아 8월에 율곡리로 돌아가다. 거기서 감군은感君恩 시를 짓다. 9
월에 직제학에 임명되어 다시 올라오다. 통정대부 승정원 동부
승지 지제교 겸 경연참찬관 춘추관 수찬관에 임명되다.

39세 … 정월에 우부승지에 오르고 이른바 만언봉사萬言封事
를 지어 올려 시국을 바로잡기에 애쓰다. 3월에 사간원 대사간
에 임명되다. 6월에 서자 경임이 출생하다. 10월에 황해도 관찰
사에 임명되다.

40세 … (1575, 선조 8년) 이른바 동서 당쟁이 시작되다. 9월
에 성학집요聖學輯要를 지어 올리다.

41세 … 2월에 율곡리栗谷里로 돌아가다. 10월에 해주海州 석

담石潭으로 돌아가 먼저 청계당聽溪堂을 짓다.

42세 ··· 정월에 석담石潭에서 종족들을 모으고 「같이 살며 서로 경계하는 글(同居戒辭)」을 지어 읽히다. 사당을 짓고 죽은 맏형의 부인 곽郭씨로 하여금 종가 신주를 모시고 와서 살게 하였으며, 진심으로 위로해드리는 한편, 서모도 극진히 봉양하다. 12월에 「격몽요결擊蒙要訣」을 짓다. 그리고 또 향약鄕約을 만들어 고을의 폐습을 바로잡고, 사창社倉 제도를 실시하여 가난한 백성들을 경제적으로 구출하기에 힘쓰므로 백성들의 칭송을 받다.

43세 ··· 고산 석담구곡石潭九曲이 마치 저 송宋나라 주자朱子의 무이구곡武夷九曲과 같다고 하여 그 다섯째 골짜기 청계당聽溪堂 동쪽에 은병정사隱屛精舍를 짓고, 무이도가武夷棹歌를 본떠서 고산구곡가高山九曲歌를 짓다. 3월에 대사간大司諫에 임명되어 올라와 임금의 은혜에 감사하고, 4월에 율곡리栗谷里로 돌아가다. 5월에 다시 또 「만언소萬言疏」를 올리다. 겨울에 석담石潭으로 돌아가다. 성균관成均館 직강直講, 홍문관弘文館 부교리副校理에 임명되다.

44세 ··· 3월에 도봉서원기道峰書院記를 짓다. 서자 경정景鼎이 출생하다. 소학집주小學集註를 탈고하다. 별시別試에 천도책天道策으로 장원급제하다.

45세 ··· 5월에 기자실기箕子實記를 편찬하다. 12월에 대사간大司諫으로서 불려 올라오다. 정암靜菴 조광조趙光祖의 묘지명을 짓다.

46세 … 4월에, 백성들을 구제하는 방책을 토의하기 위한 회의를 열자고 주청하여 실시하다. 6월에 가선대부嘉善大夫 사헌부司憲府 대사헌大司憲으로 특별 승진하다. 10월에 자헌대부資憲大夫 호조판서戶曹判書에 오르다.

47세 … 정월에 이조판서吏曹判書에 임명되다. 7월에 「인심도심설人心道心說」을 지어 올리다. 그리고 김시습전金時習傳과 학교모범 및 사목學校模範及事目을 지어 올리다. 8월에 형조판서刑曹判書에 임명되다. 9월에 숭정대부崇政大夫로 특별 승진하고, 의정부議政府 우찬성右贊成에 임명되어 또 「만언소萬言疏」를 지어 올리다. 10월에 명明나라에서 오는 사신(한림원翰林院 편수編修), 황홍헌黃洪憲과 공과급사중工科給事中, 왕경민王敬民을 영접하는 원접사遠接使의 명령을 받들다. 12월에 다시 병조판서兵曹判書에 임명되다.

48세 … 2월에 시국에 대한 정책을 개진하다. 4월에 또 시국 구제에 관한 의견 시무육조時務六條를 써서 간곡한 상소를 올렸는데, 그 내용은 불필요한 벼슬을 도태할 것, 고을들을 병합할 것, 생산을 장려할 것, 황무지를 개간할 것, 백성들에게 과중한 부담이 되어 있는 공납貢納에 대한 법규를 개혁할 것, 성곽을 보수할 것, 군인의 명부를 정확히 할 것, 특히 서자들을 등용하되 곡식을 가져다 바치게 하고, 또 노예들도 곡식을 가져다 바침에 따라 양민으로 허락해 주자는 것들이다. 그리고 또 국방을 든든히 하기 위하여 10만 명의 군인을 양성해야 할 것을 주장하다. 6월에 북쪽 오랑캐들이 국경을 침략해 들어온 사실로 삼사三司의 탄핵을 입어 인책 사직하고 율곡리栗谷里로 돌아갔다가 다시 해주 석담石潭으로 가다. 9월에 판돈녕부사判敦寧釜事에 제수되고 또 이조판서吏曹判書에 임명되다.

49세 … (1584, 선조宣祖 17년) 정월 16일에 서울 대사동大寺洞 집에서 별세하다. 3월 20일에 파주坡州 자운산紫雲山에 장사지내다. 그리고 별세한 지 40년 뒤 인조仁祖 2년 갑자甲子(1624) 8월에 문성文成이라는 시호를 받다. 대광보국大匡輔國 숭록대부崇祿大夫 의정부議政府 영의정領議政 겸兼 영경연領經筵 홍문관弘文館 예문관藝文館 춘추관春秋館 관상감사觀象監事에 증직되다.

●율곡선생 비명碑銘 (이항복李恒福[130]이 지었다)

옛날에 우리 선조께서 글을 숭상하고 학문을 진흥시켜 유신儒臣을 높이 등용하기 좋아함으로 인하여, 그 조정에 오른 이들이 찬

---

[130] 이항복李恒福: 조선 선조 때의 문신(1556~1618). 자는 자상子常, 호는 백사白沙·필운弼雲. 임진왜란 때 병조판서로 활약했으며, 뒤에 벼슬이 영의정에 이르렀다. 광해군 때에 인목대비 폐모론에 반대하다 북청北青으로 유배되어 죽었다. 저서에 《백사집白沙集》, 《북천일기北遷日記》, 《사례훈몽四禮訓蒙》 따위가 있다.

란하게 문학을 잘하는 선비가 많았었다. 하늘이 인재를 많이 내는 것은 반드시 먼저 징조를 보이는 것이기에, 구름은 용龍을 따르고 바람은 범虎을 따르며, 성왕聖王이 일어나면 어진 보좌輔佐가 나오게 되는 것이다. 그러므로 이때로 말하면, 이이선생李珥先生의 경우는 태평성대를 만나서 옛 성인聖人의 도를 계승하고 후학後學을 계도啓導하는 것을 자신의 책임으로 삼아서 장차 큰일을 해낼 듯하였다. 그런데 갑신년(1584, 선조 17) 정월에 하늘이 선생을 급속히 빼앗아 갔다.

부음이 전해지자, 선조는 소복을 입고 소식素食[131]을 하였다. 그리고 선생이 병들었을 때부터 작고하여 장사지낼 때까지에 걸쳐서 말한다면, 작고하기 전에는 의원의 문안이 길에 연잇고 약과 음식이 자주 내려졌으며, 작고한 뒤에는 가까운 신료들이 찾아와서 조상하고 사마司馬(병조판서)가 와서 치제致祭[132]하였으며, 사도司徒[133]가 폄기窆器(하관할 때에 쓰이는 기구)를 갖추어 주고 종백宗伯[134]이 천례窆禮(묘혈)를 인도해 줌으로써 무릇 죽은 이를 높이고 종신宗臣[135]

---

131 소식素食: 고기반찬이 없는 밥.

132 치제致祭: 임금이 제물과 제문을 보내어 죽은 신하를 제사 지내던 일, 또는 그 제사.

133 사도司徒: 삼공의 하나. 고대 중국에서 호구戶口·전토田土·재화財貨·교육에 관한 일을 맡아보던 벼슬이다.

134 종백宗伯: 조선시대에 둔 예조의 으뜸 벼슬. 공양왕 원년(1389)에 예의판서를 고친 것으로 정이품 문관의 벼슬이다.

을 영화롭게 하는 도리가 다 갖추어졌다. 이때 태학생太學生[136] 및 삼학三學[137]의 생도, 금군禁軍[138], 서도胥徒[139]들이 달려와서 문에 가득히 모여서 곡哭하였고, 심지어 여염의 백성들은 방아 찧는 일을 중지하기까지 하여, 선생의 죽음을 슬퍼하는 자가 도성에 가득한 가운데 모두가 이구동성으로 말하기를,

"우리는 어찌해야 하는가."

라고 하였다. 그리고 발인할 적에 미쳐서는 담장 밖으로 나와서 촛불을 잡고 장송葬送하는 이들이 모두 대성통곡하며 지나치게 슬퍼하였으므로, 군자君子가 말하기를,

---

135 종신宗臣 : 나라에 큰 공을 세운 신하.

136 태학생太學生 : 조선시대에, 성균관에서 기거하며 공부하던 유생. 주로 장의掌議 이하 생원과 진사를 통틀어 이른다.

137 삼학三學 : 태학太學의 학생들을 가리킨다. 송宋나라 때 태학의 외사外舍·내사內舍·상사上舍를 삼사三舍라고 칭하였으며, 삼학三學으로도 칭하였다. 《송사宋史》 118권 〈직관지職官志〉에 "희령 초에 조서를 내려서 경술經術로써 선비를 취하게 하고, 광활한 학사를 삼학으로 나누고 생도를 증원하였으니, 총원 2천 8백 인이었다.〔熙寧初 詔用經術取士, 廣闊黌舍, 分爲三學, 增置生徒, 總二千八百人.〕"라고 하였음.

138 금군禁軍 : 고려·조선시대에, 궁중을 지키고 임금을 호위·경비하던 친위병.

139 서도胥徒 : 《주례》 〈천관총재天官冢宰 서관序官〉에 보이는데, 부府는 창고 담당, 사史는 문서 담당, 서胥와 도徒는 수위守衛하는 사졸士卒이다.

"유여하고 위대하도다. 덕德이 대중을 화합하게 하는
것이 이와 같도다."

라고 하였다. 임진년 이후 7년 동안 병란이 종식되지 않고 유복儒服
(유생들이 입는 옷)이 땅에 떨어져서, 세상이 공리功利만을 서로 다투
어 사욕이 하늘에 넘침으로써, 협서율挾書律[140]과 위학僞學[141]을 금
한다는 명령을 내리려는 조짐을 나타내어 선인善人들의 두려워하
는 바가 되었다. 그러고 보면 전일에 이씨李氏의 도道를 높이던 사
람들이 의당 외면하고 팔을 내저어서 그 학문을 기피하였다. 그런
데도 조정의 관원이나 선비들이 날로 더욱 마음으로 복종하여, 재
목을 모으고 비석을 다듬어서 후세에 영원토록 전하기를 도모하여
나(이항복)에게 그 중책을 맡기었다. 그래서 나는 감히 할 수 없다
고 굳이 사양하였으나, 무릇 여섯 차례나 왕복하면서까지 끝내 고
집하여 마지않으므로, 마침내 가엾게 여겨 삼가 승낙하였다.

그런데 이윽고 또 나는 치욕스레 소멱素幦[142]하면서 적막하게
황야에 틀어박혀 있는데, 전일의 선비 여러 사람이 행장行狀을 가

---

140 협서율挾書律: 고대 중국에서, 서적을 사사로이 소유하는 것을 금지
하던 형법. 기원전 191년에 없앴다.

141 위학僞學: 조선시대에, 성리학자들이 사장파詞章派와 실학파의 학문
을 나쁘게 평하여 이르던 말.

142 소멱素幦: 흰 개가죽으로 만든 수레 덮개를 이른다. 《예기禮記》 곡례
曲禮에 "대부사大夫士가 조국을 떠날 때에는 흰 짚신을 신고, 수레의
손잡이를 흰 개가죽으로 덮는다."고 한 데서 온 말로, 여기서는 곧 조
정에서 쫓겨나 초야에 묻혀있음을 비유한 말이다.

지고 나를 찾아와 명銘을 지어달라고 요구하면서 말하기를,

> "선생이 처음에 한 말씀이 있기에 감히 선생에게 청합
> 니다. 많은 선비들이 기다리고 있으니, 청컨대 선생은 맡아
> 주시오."

하므로, 마침내 절하고 행장을 받아서 다음과 같이 서술하는 것이
다.

　이씨李氏는 덕수현에서 나왔는데, 그 처음에 돈수敦守라는 이
가 있어 고려를 섬겨 중랑장이 되었다. 그로부터 6세世를 지나 판
관 의석宜碩에 이르러서는 대사헌에 추증되었고, 대사헌이 휘 천蔵
을 낳았는데, 천은 우참찬에 추증되었으며, 참찬이 휘 원수元秀를
낳았는데 원수는 좌찬성에 추증되었다. 덕수이씨는 세상에 들린
것이 대체로 오래되었으나, 공公에 이르러서 더욱 크게 드러났다.

　진사 신명화申命和(사임당 아버지)가 딸 한 명을 특별히 사랑하
였으니, 총명하고 재주가 뛰어났으며, 고금의 글을 다 통하고 글을
잘 짓고 그림 그리는 일에도 뛰어났다. 그리고 신명화는 동양의 망
족인데다 또 이런 규수가 있다고 하여 그 배우자를 높이 가렸는데,
참찬 천蔵이 마침내 찬성(이원수)을 그 규수에게 장가들였다.

　가정嘉靖 병신년(1536)에 신부인申夫人이 임신하여, 용龍이 바
다에서 날아와 방으로 들어와서 아이를 안아다가 부인의 품속에

넣어주는 꿈을 꾸고는 이윽고 아들을 낳았다.

공은 3세 때에 벌써 스스로 문자를 알았고, 5세 때에는 신 부인에게 병환이 있자 외가의 사당에서 기도하였으며, 12세 때에 찬성(부친)께서 병환이 있을 적에도 또한 그렇게 하니, 사람들이 비로소 공을 이상하게 여겼다. 16세 때에 부인(사임당)이 작고하여서는 상사喪事에 효성을 다하여 3년을 하루같이 최복衰服[143]을 벗지 않고 여묘廬墓를 살았다.

18세 때에는 구도求道[144]할 뜻이 있어서, 산사山寺에 들어가서 우연히 석씨釋氏(불교)의 글을 펼쳐보다가 죽고 사는 것에 관한 설說에 감화를 받았고, 또 이른바 돈오頓悟[145]란 것이 있다는 것을 듣고는 이에 말하기를,

> "큰길이 숫돌처럼 편평하니, 어쩌면 그렇게 신속할 수
> 있을까."

하였다. 그래서 19세가 되어서 출가出家[146]하여 금강산에 들어가서

---

143 최복衰服 : 아들이 부모, 조부모, 증조부모, 고조부모의 상중에 입는 상복.

144 구도求道 : 진리나 종교적인 깨달음의 경지를 구하다.

145 돈오頓悟 : 갑자기 깨달음.

146 출가出家 : 번뇌에 얽매인 세속의 인연을 버리고 성자聖者의 수행 생활에 들어감.

계정戒定¹⁴⁷을 견고히 닦다가 홀연히 생각하기를,

> "만상萬象이 일一로 돌아가면 일은 어느 곳으로 돌아간
> 단 말인가."

라고 생각하고 또 생각해 보아도 끝내 그 해답이 없었다. 그래서
그 학문을 모조리 버리고, 마침내 상자를 열고 공씨孔氏의 글을 취
하여 엎드리고 읽다가 해를 넘기어 나왔다. 그러자 도성 가운데의
숙유宿儒¹⁴⁸들이 모두 유의하여 공을 높이 우러러보고 배항輩行(나
이가 서로 비슷한 친구)을 굽히고 서로 얼굴 알기를 요구하였다.

   공(율곡)은 이때 퇴계선생께서 도산陶山에 은거하여 도학道學
을 강명講明(연구하여 밝힘)한다는 말을 듣고 그곳에 찾아가 주일응사
主一應事¹⁴⁹의 요점을 물었다. 이로부터 체용體用¹⁵⁰이 겸비되고 지
행知行¹⁵¹이 아울러 진취進就하며, 이것이 발하여 글이 된 것이 바르

---

147 계정戒定: 몸을 절제하는 것을 계戒, 마음을 고요히 하는 것을 정定이
라 한다.

148 숙유宿儒: 오랜 경험으로 학식과 덕행이 뛰어나 명망이 높은 선비.

149 주일응사主一應事: 경敬 공부의 요결의 하나로, 마음이 한곳에 전일
專一하여 다른 곳으로 가지 않는 것을 주일무적主一無適이라 하는데,
매사에 이 주일무적의 상태로 유지하는 것을 이른다.

150 체용體用: 사물의 본체와 그 작용, 또는 원리와 그 응용을 통틀어 이
르는 말.

151 지행知行: 지식과 행동을 아울러 이르는 말.

고 우아하고 여유작작하였으므로, 자유자재로 답안을 작성하여 응시할 때마다 합격하였다. 갑자년에는 사마시司馬試[152]와 명경明經[153] 두 시험에 응시하여 연달아 장원하였으므로, 당시에 구장장원九場壯元으로 일컬어졌다.

그 후 호조, 예조, 이조의 낭관, 정언, 교리, 사가호당賜暇湖堂 등의 관직을 역임하는 동안에 화려한 명성이 날로 높아지자, 공이 진정陳情(실정이나 사정을 진술함)하여 스스로 자신을 탄핵하여 말하기를,

"어린 나이에 구도求道의 뜻이 있었으나, 학문의 방향을 알지 못하여 마침내 불교에 빠져들어 선문禪門(불문佛門)에 종사한 것이 거의 일 주년이나 되었는지라, 장부臟腑를 긁어내어 씻는다 하더라도 그 더러움을 다 씻기에는 부족합니다. 그런데 신臣의 아비가 재주를 애석히 여겨 굳이 공명功名을 구하게 하므로, 부끄러움을 참고 더러움을 숨겨가면서 마침내 거인擧人[154]이 되었던 것이니, 이는 다만 승두升斗(작은 되)의 녹봉을 구해서 주림이나 면하기 위한 것인데, 어찌 좋은 벼슬이 뜻밖에 내려지기를 기대했겠습니까."

---

152 사마시司馬試: 생원과 진사를 뽑던 과거. 초시와 복시가 있었다.
153 명경明經: 조선시대에, 식년式年 문과 초시에서 사경四經을 중심으로 시험을 보던 분과.
154 거인擧人: 고려·조선시대에, 각종 크고 작은 과거시험에 응시하던 사람을 이르던 말.

고 하니, 상上이 이르기를,

> "예로부터 아무리 호걸스런 선비일지라도 불문에 빠져
> 드는 것을 면치 못했거니와, 또 허물을 뉘우치고 스스로 새
> 로워졌으니, 그 뜻이 가상하다."

하고, 윤허하지 않았다.

일찍이 경연經筵[155]에서 치란治亂(잘 다스려진 세상과 어지러운 세
상)을 말하고 왕사王事(임금이 나라를 위하여 하는 일)를 진술하면서 경
술經術(경서에 관한 학문)로써 부연하였는데, 말마다 임금의 귀를 감
동케 하므로, 듣는 이들이 놀라워하였다. 또 서당書堂의 과제課製를
인하여 왕도王道[156]와 패도霸道[157]와 치안에 관한 도리를 진술해서
이를 동호문답東湖問答[158]이라 명명하고 이것으로 임금의 마음을 계
발시킴이 있기를 기대하였다.

하루는 임금이 을사년의 일을 언급하자, 대신으로서 그때 연

---

155 경연經筵: 고려·조선시대에, 임금이 학문이나 기술을 강론·연마하
고 더불어 신하들과 국정을 협의하던 일, 또는 그런 자리. 공양왕 2년
(1390)에 서연을 고친 것으로 왕권의 행사를 규제하는 중요한 일을
수행하였다.

156 왕도王道: 인덕仁德을 근본으로 천하를 다스리는 도리. 유학儒學에서
이상으로 하는 정치사상이다.

157 패도霸道: 힘으로 다스리는 패도霸道를 말함.

158 동호문답東湖問答: 조선 선조 2년(1569)에, 이이가 왕도정치의 이상
을 문답의 형식으로 서술하여 왕에게 올린 글.

좌되어 체포된 선사善士가 많았다고 말하는 자가 있으므로, 공이 그를 반박하여 말하기를,

> "대신은 모호한 언행을 해서는 안 됩니다. 간인奸人이 쓸데없는 말을 날조하여 사류士類들을 다 제거하고 이것을 빙자하여 위훈僞勳을 만들었던 것이니, 이제 신정新政을 당하여 의당 먼저 위훈을 삭제하고 명분을 바로잡아야만 국시國是[159]가 이에 정해질 것입니다."

하고, 물러 나와 조정에서 그 의논을 제창하니, 선배인 퇴계退溪, 고봉高峯(기대승) 같은 이들도 오히려 그 일을 어렵게 여기었는데, 공이 홀로 굽히지 않고 항언抗言하여 마침내 힘을 다해 남김없이 격파하니, 조야朝野에 사기가 증진되었다.

경오년에는 공이 자신의 학문이 더 진취하지 못하여 정치에 종사할 수 없다는 이유로 마침내 벼슬을 버리고 돌아가 해주의 고산에 집을 짓고 은거하면서, 성철聖哲의 글이 아니면 읽지 않고 의리에 어긋나면 비록 천사千駟[160]라도 돌아보지 않았으며, 그 일체一切의 세미世味[161]에 대해서는 담박하였다.

그러자 조정의 논의가 더욱 관작으로 공을 묶어두고자 하여

---

159 국시國是: 국민의 지지도가 높은 국가이념이나 국가정책의 기본 방침.

160 천사千駟: 말 사천 마리, 또는 사두마차 천 대.

161 세미世味: 사람이 세상을 살아가며 겪는 온갖 경험.

누차에 걸쳐 이조의 원외랑, 옥당玉堂[162]의 승지, 미원薇垣(사간원)의 아장亞長(2위 관직)을 임명하였는데, 간혹 억지로 입조入朝한 때도 있었으나 모두 오래지 않아서 물러갔다. 공이 직제학直提學으로 들어왔을 적에는 조야朝野가 모두 공에게 확연한 뜻이 있는 줄로 알았고, 삼사三司에서는 서로 상소하여 공을 머물게 하기를 청하기까지 했으나, 공은 바로 떠나버렸다.

공이 젊어서 글을 읽을 적에 '장공예張公藝[163]의 구대九代가 한집에서 살았다.'라는 구절에 이르러 개연히 말하기를,

> "구대九代의 친족이 한집에 같이 살기는 어려울지라도
> 형제간이야 어찌 따로따로 살 수 있겠는가."

라고 했었는데, 이때에 이르러 형제와 뭇 종형제들이 한 당堂에서 베개를 나란히 베고 자고, 매양 주식酒食의 연회 때에는 아우에게 거문고를 타게 해서 젊은이와 어른이 함께 노래하고 즐기며, 새벽이면 가묘家廟에 배알하고 당堂에 물러나와 순서대로 모이었고, 남녀의 자손으로부터 기타 가족에 이르기까지 가정의 예의가 엄숙하

---

162 옥당玉堂: 홍문관의 부제학, 교리校理, 부교리, 수찬修撰, 부수찬 따위를 통틀어 이르는 말.

163 장공예張公藝: 당唐나라 수장壽張 사람으로 9대가 한집에서 살았는데, 고종高宗이 그 집에 찾아가 한집에서 화목하게 살 수 있는 비결을 물으니, 인忍 자 1백 자를 써서 올렸다는 고사가 전해온다. 《唐書 卷 195》

여, 한 사람이 집례執禮하여 가훈家訓을 펴서 한번 쭉 읽으면 뭇사람이 머리를 숙이고 공경히 들었으므로, 온 집안이 이를 힘입어 행하기에 이르렀다.

이윽고 동부승지에 승진되었다. 공이 매양 임금을 뵐 적마다 걸핏하면 삼대三代를 끌어대므로 임금이 공을 우활迂闊[164]하다고 여겼는데, 이때에 이르러서는 또 임금께 큰 뜻을 분발하라고 권유하였다. 그리고 또 말하기를,

> "예로부터 선비는 세속의 관리와 일을 도모하기가 어렵습니다. 선비는 말하기를, '당우唐虞 시대를 당장 이룰 수 있다.' 하고, 속리俗吏는 말하기를, '고도古道는 반드시 행하기 어렵다.'라고 합니다. 그러므로 세속의 관리는 유학儒學을 배척하고 유학 또한 속리를 배척하니, 똑같이 양쪽의 말이 다 잘못된 것입니다. 그러니 정치는 의당 요순堯舜을 본받아서 하되, 사공事功에 대해서는 모름지기 점진적으로 이뤄 나가야 합니다. 신臣이 삼대를 끌어대는 것은 그 시대를 한걸음에 올라가라는 것이 아니라, 오늘 한 가지 선정善政을 행하고, 명일에 또 한 가지 선정을 행하여 점차로 지극한 정치에 이름을 도모하자는 것일 뿐입니다."

---

164 우활迂闊: 곧바르지 아니하고 에돌아서 실제와는 거리가 멀다. 사리에 어둡고 세상 물정을 잘 모르다. 주의가 부족하다.

하였다. 또 말하기를,

"고사故事에 의하면, 현량賢良한 선비는 비록 등제登第
(과거급제)를 못했을지라도 모두 대관臺官[165]이 될 수 있었는
데, 기묘년에 사림士林이 패배한 이후로 이 길이 마침내 폐지
되었으니, 이는 매우 훌륭한 인재를 넓히는 길이 아닙니다."

하고, 이를 계청啓請[166]하여 시행하게 하였다.

그런데 이때 막 퇴계의 상을 당하여 한창 시호諡號[167]를 의논
하려 하는데, 상이 행장行狀[168]을 아직 짓지 못했다는 이유로 그것
을 어렵게 여겼다. 그러자 공이 말하기를,

"황滉의 언론과 풍지風旨(풍채와 의지)가 이미 세상에 드
러났으니, 행장의 있고 없음으로 경중을 삼을 바가 아닙니
다. 그런데도 전하께서 이미 죽은 현자에게 한 가지 포장褒
章을 아끼시니, 황이 시호를 갖는 것은 비록 1년이 지체된다
하더라도 진실로 안될 것이 없겠으나, 삼가 사방에서 전하께
호선好善하는 정성이 없는가를 의심할까 염려됩니다."

---

165 대관臺官: 조선시대에 둔, 사헌부의 대사헌 이하 지평까지의 벼슬.
166 계청啓請: 임금에게 아뢰어 청하다.
167 시호諡號: 제왕이나 재상, 유현儒賢들이 죽은 뒤에, 그들의 공덕을 칭
송하여 붙인 이름.
168 행장行狀: 죽은 사람이 평생 살아온 일을 적은 글.

고 하였다.

갑술년에는 만언소萬言疏[169]를 올리니, 임금이 명하여 한 통通을 쓰게 해서 조석으로 보았다.

공이 간장諫長으로 있을 때 하루는 상이 황랍黃蠟 500근을 올리라고 명한 일이 있었으므로 공이 조정에서 강력히 간쟁하니, 임금이 누구에게서 들었느냐고 책망하여 묻자, 공이 말하기를,

　　　　"도로에서 시끄럽게 들리는 말에 의하면, 장차 불상佛
　　　像을 만들려 한다고 하더이다. 전하께서는 의당 속으로 반성
　　　해 보아서 그런 일이 있으면 고치셔야 할 터인데, 어찌 완강
　　　히 거절하기까지 하신단 말입니까."

고 하였다. 그러자 임금이 이르기를,

　　　　"감히 언근言根(소문의 출처)을 숨기는 것을, 임금에게
　　　숨김없이 말하는 도리가 아니다."

고 하고, 조언률造言律[170]로 다스리려고까지 하므로, 공이 말하기를,

　　　　"대간臺諫은 들은 것이 있으면 바로 간하는 것이니, 이
　　　것을 임금께 숨김없이 말하는 도리라고 하는 것인데, 지금

---

169 만언소萬言疏: 선조 2년 1월. 우부승지 이이가 만언소言疏를 올려
　　시폐時弊에 관한 것과 재변을 막고 덕을 진취시키는 것에 대한 설을
　　극구 아뢴 것을 말함.
170 조언률造言律: 말을 지어낸 법률.

간관諫官에게 무거운 법을 가하려고 하시니, 이것은 한마디
말로 나라를 망치는 데에 가깝지 않겠습니까."

고 하였다. 이때 임금의 노염이 더욱 격해져서 동렬同列들은 두려
워서 모두 목을 움츠리고 있었으나, 공의 대답은 더욱 준절하여 조
금도 꺾이지 않았다.

이윽고 병으로 해면되어 돌아갔다가 황해도관찰사에 임명되
었고, 다음 해에 사임하고 돌아와서 부제학에 임명되었다.

임금이 일찍이 경연經筵에서 공에게 이르기를,

"사서四書¹⁷¹의 집주集註¹⁷²가 착란하여 반드시 산정刪
定¹⁷³을 거쳐야겠으니, 지금 경에게 맡기노라."

고 하였다.

이때 조정의 신하들이 형적形迹¹⁷⁴을 서로 표방標榜¹⁷⁵하여 동
서의 당黨이 생기기까지 하므로 조정이 소란스러워지기 시작하였

---

171 사서四書: 유교의 경전인 《논어》, 《맹자》, 《중용》, 《대학》을 통틀어
이르는 말.

172 집주集註: 여러 사람의 주석을 한데 모으다.

173 산정刪定: 쓸데없는 글자나 구절을 깎고 다듬어서 글을 잘 정리함. 종
이가 없던 옛날에 대나무 쪽 따위에 글씨를 써서 책을 만들었던 데에
서 나온 말이다.

174 형적形迹: 사물의 형상과 자취를 아울러 이르는 말, 또는 남은 흔적.

175 표방標榜: 어떤 명목을 붙여 주의나 주장 또는 처지를 앞에 내세움.

다. 그러자 공이 조정이 편안하지 못할 것을 미리 걱정한 나머지,
승상 노수신盧守愼에게 말하여 심의겸沈義謙, 김효원金孝元 두 사람
을 외군外郡으로 내보내서 조정을 진정시키기를 청하였다. 그리하
여 심의겸은 개성부유수가 되고, 김효원은 부령부사에 임명되자,
공이 말하기를,

> "북쪽 변방은 유신儒臣이 있을 곳이 아니다. 효원은 병
> 약病弱하므로 살아서 돌아오지 못할까 두렵다."

고 하고, 임금께 그 사실을 말하니, 임금이 공을 효원의 당이라 하
여 따르지 않았다. 그러나 뒤에 공이 또 이 일을 강력히 말하여 마
지않음으로써 효원이 마침내 삼척부사로 고쳐 임명되었다.

그러자 혹자가 말하기를,

> "천하에 양시兩是(둘 다 옳음)는 없는 법인데, 공은 이 일
> 에 있어 양쪽을 다 보전하려는 것은 무슨 까닭인가?"

고 하므로, 공이 말하기를,

> "두 사람이 조정의 불화를 만드는 데에 있어서는 양쪽
> 이 다 그르다. 그러나 둘이 다 사류士類인데, 굳이 이쪽을 옳
> 게, 저쪽을 그르게 여기려고 하다가는 그 논쟁이 끝날 때가
> 없을 것이니, 오직 융화시켜야 한다."

고 하였으나, 조정의 논의가 그렇게 여기지 않으므로, 이에 돌아가기를 결심하고 떠나버렸다. 이미 물러간 뒤에 승지, 대사간, 이조와 병조의 참판, 전라관찰사 등의 관직이 내려진 것은 모두가 우연히 왔다가 우연히 간 것들이다.

공이 해주에 있을 적에는 누차 조정에서 불렀으나 나가지 않고 날마다 학자들을 가르치니, 학자들이 원근에서 모여들었다. 그 당시 파주에는 성혼成渾[176]이란 이가 있었으니, 고故 청송선생聽松先生 수침守琛[177]의 아들로 파산坡山에 은거하여 부자가 잇따라 종유宗儒가 되었는바, 세상에서 우계선생牛溪先生이라 일컫은 분인데, 공과 막역한 친구가 되었다.

이에 앞서 호운봉胡雲峯[178]이 정의情意가 발현하는 것을 성심性心에 분속分屬 시키었고, 퇴계에 이르러서는 또 이기호발理氣互發[179]

---

176 성혼成渾: 조선 선조 때의 유학자(1535~1598). 자는 호원浩原, 호는 우계牛溪·묵암默庵. 성리학의 대가로 기호학파의 이론적 근거를 닦았다. 저서에 《우계집》 따위가 있다.

177 성수침成守琛: 조선 명종 때의 학자(1493~1564). 자는 중옥仲玉, 호는 죽우당竹雨堂·청송聽松·파산청은坡山淸隱·우계한민牛溪閒民. 1519년 기묘사화 이후 벼슬을 그만두고 학문에 전념하였으며, 명필로 이름을 떨쳤다. 저서로는 《청송집聽松集》이 있다.

178 호운봉胡雲峯: 이름은 병문炳文, 자는 중호仲虎, 호는 운봉. 사서통四書通을 지었음.

의 설설이 있었는데, 우계는 퇴계를 존신尊信하여 항상 그 설을 주장하였다. 그러자 공이 체용體用은 근원이 하나이기에 이를 두 가지로 나누어 변석辨析해서는 안 된다는 뜻으로 편지를 수십 차례 왕복하였는데, 그중에는 간혹 전현前賢들이 미처 발명하지 못한 것을 발명한 것도 있어 마침내 이학理學의 전문가가 되었으니, 그에 대한 말은 본집本集에 나타나 있다. 전언前言에 구애되지 않고 스스로 경지經旨를 깨달았으니, 율곡보다 천 년 뒤에 반드시 귀신의 가르침이나 신묘한 고안이 있어 곧바로 정문頂門에 일침一針을 놓는 경지에 도달해야만 바야흐로 진맥眞脈을 찾을 것이고, 그렇지 못하면 색맥濇脈[180]을 규맥芤脈[181]으로 착각하는 자가 많게 될 것이다.

경진년(1580, 선조 8)에는 대사헌에 발탁되었다가 이윽고 대사간에 옮겨졌는데, 이때 호조판서의 자리가 비었으므로 대신의 천거로 호조판서에 제수되고 아울러 대제학을 겸하였다. 공이 호조판서가 되어서는 재물을 절약하고 백성의 일에 심력心力을 다하여 백성들이 싫어하는 것을 제거하니, 백성들이 공의 은택을 하늘

---

179 이기호발理氣互發: 사단四端은 이理에서 발하고, 칠정七情은 기氣에서 발한다는 뜻이다.

180 색맥濇脈: 28맥脈 가운데 하나이다. 색맥은 삽맥澁脈이라고도 한다. 맥의 흐름이 매끄럽지 못해서 칼로 대나무를 긁는 것처럼 맥이 난잡하게 뛴다.

181 규맥芤脈: 28맥脈 가운데 하나이다. 규맥은 부대浮大하면서도 유연하여, 눌러보면 파芤처럼 속이 빈 맥박이다.

처럼 여겼다.

임오년(1582, 선조 10)에는 이조판서에 전임되어 인재 선발을
온당하게 하였고, 이윽고 숭정崇政[182]에 올라 우찬성(종 1품)이 되
었다. 이 해 겨울에 중국의 황홍헌黃洪憲, 왕경민王敬民[183] 두 조사詔
使[184]가 나오므로, 명을 받고 원접사遠接使[185]가 되어 경상境上(국경)
에 나가서 그들을 영접했는데, 향연을 베풀고 술잔을 나눌 때에 미
처 공이 멀리에서 올라와 성배成拜[186]하니, 황 조사가 공을 가리켜
역관譯官에게 묻기를,

"어쩌면 저리도 산림山林의 기상氣象이 있단 말인가. 혹
우리들을 위하여 산림의 선비를 억지로 불러들인 것이 아닌
가?"

---

182 숭정崇政: 조선시대에 둔, 종일품 하下 문무관文武官의 품계. 고종 2
년(1865)부터 종친宗親과 의빈儀賓의 품계에도 함께 쓰였다.

183 황홍헌黃洪憲, 왕경민王敬民: 1582년(선조 15) 가을에 황태자의 탄생
을 알리는 조서詔書를 반포하기 위해 조선에 온 명明나라 사신들이
다. 한림원 편수翰林院編修 황홍헌이 정사正使, 공과工科 우급사중右
給事中 왕경민이 부사副使로 파견되었는데, 좌찬성 이이李珥가 원접
사遠接使, 정유길鄭惟吉이 관반館伴, 허봉許篈·고경명高敬命·김첨金瞻
이 종사관從事官이 되어 이들을 맞이하였다.

184 조사詔使: 예전에 중국에서 오던 사신. 중국 천자의 조칙詔勅을 가지
고 온다 하여 이르던 말이다.

185 원접사遠接使: 조선시대에 중국의 사신을 맞아들이던 임시 벼슬, 또
는 그 벼슬아치.

186 성배成拜: 이마를 땅에 조아린 뒤에 절함.

하자, 역관이 말하기를,

"삼장장원三場壯元으로 오랫동안 옥당玉堂에 몸담아 있
었고, 중년에는 비록 고향에 물러가 있었으나, 의정부의 찬
성으로 들어온 지도 또한 수년이 되었습니다."

고 하니, 두 조사가 경의를 표하면서 심지어는 율곡이라 칭하고 이
름을 부르지 않았다.

이 일이 끝난 뒤에 병조판서에 전임되었다. 이때 북쪽 오랑캐
가 난리를 일으켰기 때문에 군무軍務가 가득 쌓였었는데, 손으로
판별하고 입으로 결정하며 눈으로 보고 마음으로 계획하되, 조금
도 서로 혼란됨이 없이 확연하여 마음에 생각하지도 않은 듯하였
다. 이에 임금께서 공의 처사를 훌륭하게 여기고, 공에게 북관北關
의 일을 전적으로 맡기었는데, 일이 쌓여도 적체되지 않았고 여러
가지 일을 아울러 행하여도 그릇되지 않았으므로, 사람마다 속으
로 말하기를,

"우리 공이 아니면 나라를 다스릴 수 있겠는가?"

고 하였다.

공이 일찍이 십만의 군대를 길러서 완급緩急에 대비하려는 뜻
으로 건의하자, 서애西厓 유성룡柳成龍[187]이 불가하다고 말하였다.

---

187 유성룡柳成龍: 조선 선조 때의 재상(1542~1607). 자는 이현而見, 호

그러자 공이 조정에서 물러나와 서애에게 말하기를,

"나라의 형세가 부진한 것이 오래인데, 속유俗儒들은 시의時宜[188]를 모르겠으나, 공이 또한 이런 말을 할 수 있단 말인가."

고 하였다. 그 후 임진년의 변란이 일어나자, 서애가 항상 조당朝堂에서 말하기를,

"당시에는 무사하기에 나 또한 백성을 소요시키는 일이라고 했었는데, 지금에 와서 생각해 보니, 이 문성李文成(이이)은 참으로 성인聖人이었다."

고 하였다.

공은 평생에 붕당朋黨을 하나로 하고 공안貢案[189]을 고칠 것과 사례祀禮(제사의 예절)를 약정約定하여 민력民力을 펴게 할 것을 우선으로 삼았는데, 임금께서 처음에는 매우 실망스럽게 여겼으나, 오랫동안 시험해 보고는 믿음이 더욱 두터워져서 바야흐로 공을 신뢰하여 정사를 맡기게 되었고, 공 또한 선善을 추장推獎하고 악惡을

는 서애西厓. 이황의 문인으로, 대사헌·경상도관찰사 등을 거쳐 영의정을 지냈다. 임진왜란 때 이순신과 권율 같은 명장을 천거하였으며, 도학·문장·덕행·서예로 이름을 떨쳤다. 저서에 《서애집》, 《징비록》, 《신종록愼終錄》 따위가 있다.
188 시의時宜: 그 당시의 사정에 알맞음, 또는 그런 요구.
189 공안貢案: 조선시대에 공물貢物의 품목과 수량을 기록하던 문부文簿.

억제하여 자기 소신을 곧바로 행해서 아무도 돌아보지 않았다. 그러자 간혹 공을 좋아하지 않는 자가 있어, 겉으로는 공을 사모하는 척하면서 은밀히 간격을 두고 거짓말로 분란함을 퍼뜨려서 임금의 권우眷遇[190]함이 흔들리기를 꾀하여, 공이 하는 일을 참소하고 헐뜯는 일이 날로 심해졌다. 그래서 심지어는 붕당의 세력을 분발하여 은밀히 말을 꾸며서 공공연히 탄핵하므로, 공이 인책引責하여 물러가기를 요청하되, 여섯 번이나 소장疏章을 올리기를 마지않으니, 대간臺諫 또한 더욱 강력히 공을 논박하였다.

그러자 이때 우계 성혼成渾[191]이 부름을 받고 서울에 와있으면서 상소하여 그 실상을 진술하였고, 영의정 박순朴淳[192]은 왕께 입대入對함을 요청하여 단단하게 아뢰어 공을 구하니, 양사兩司[193]가 다시 박순과 성혼을 싸잡아 논박하였다. 그래서 태학생 400여 명

---

190 권우眷遇: 임금이 신하를 특별히 사랑하여 후하게 대우함, 또는 그런 대우.

191 성혼成渾: 조선 선조 때의 유학자(1535~1598). 자는 호원浩原, 호는 우계牛溪·묵암默庵. 성리학의 대가로 기호학파의 이론적 근거를 닦았다. 저서에《우계집》따위가 있다.

192 박순朴淳: 조선 선조 때의 문신(1523~1589). 자는 화숙和叔, 호는 사암思庵. 서경덕의 제자로, 명종 8년(1553)에 문과에 장원, 벼슬이 우의정, 영의정에 이르렀다. 율곡과 퇴계를 변론하여 서인으로 지목받고 탄핵당하여 영평永平 백운산에 은거하였다. 한당체漢唐體의 시를 잘 지었으며, 저서에《사암집》이 있다.

193 양사兩司: 조선시대에 사헌부와 사간원을 아울러 이르던 말.

이 대궐을 지켜 서서 공을 신변伸辨[194]하자, 정원政院이 태학생들을 가리켜 패란悖亂을 짓는다고 하니, 상이 더욱 진노하여 도승지 박근원朴謹元, 대사간 송응개宋應漑, 전한典翰 허봉許篈을 유배시켰다.

공이 도성을 떠난 지 얼마 안 되어 판돈녕부사判敦寧府事로 불렀는데, 공이 사양하고 취임하지 않으니, 상(임금)이 이르기를,

"아, 하늘이 우리나라를 평치平治하려 하지 않는 것인가."

라고 하였다. 그해 겨울에 특별히 공에게 이조판서를 제수하면서 하유下諭한 말씀이 준절하였으므로, 공이 마지못하여 들어와 사은謝恩[195]하니, 상이 즉시 인견引見[196]하였다. 공은 인책하여 사과를 올리고 유배시킨 세 사람을 귀환시키기를 청한 다음, 곧바로 치사致仕[197]할 것을 요청하였다. 그 후 60일이 지나서 병으로 세상을 하직하니, 그때의 나이 49세였다.

공의 자는 숙헌叔獻이니, 학자들이 공을 높여서 율곡선생栗谷先生이라고 한다. 저술로는, 《인심도심설人心道心說》, 《선악기도善

---

194 신변伸辨: 원통한 일을 풀기 위해 변론하는 것을 말한다.
195 사은謝恩: 받은 은혜에 대하여 감사히 여겨 사례함.
196 인견引見: 임금이 의식을 갖추고 영의정, 좌의정, 우의정 따위의 관리를 만나 보던 일.
197 치사致仕: 나이가 많아 벼슬을 사양하고 물러나다.

惡幾圖》,《학교규범學校規範》,《성학집요聖學輯要》,《소학집주小學集
註》및 문집文集 10권이 세상에 행해지고 있다. 묘지는 파주의 자운
산 아래에 있는데, 부인 노씨를 부장祔葬(합장)하였다. 부인은 바로
경린慶麟의 딸인데 아들이 없었고, 측실側室에서 낳은 아들은 경림
景臨, 경정景鼎이다. 노부인盧夫人은 임진년의 변란을 만나서 신주神
主를 받들고 산기슭으로 돌아가다가 적賊에게 욕을 하고 해를 당하
였는데, 그 일이 조정에 알려져서 정려旌閭되었다.

　　공이 일찍이 대사간으로 서울에 왔을 적에 내가 약관弱冠[198]의
나이로 공을 저사邸舍(규모가 아주 큰 집)에서 뵈었더니, 학문하는 요
점을 일러주면서 말하기를,

　　　"나는 이미 돌아갈 뜻이 있으니, 그대도 만일 뜻이 있다
　　　면 나를 석담石潭으로 찾아오게나."

라고 했었는데, 이때부터 공은 돌아가지 못하였고, 나 또한 세상살
이에 골몰했었다. 그리고 나는 또 공이 인재 선발하는 권병權柄을
잡고 있었기 때문에 출세의 배경으로 삼는다는 혐의를 부끄럽게
여겨 스스로 그 집에 출입을 금하였으므로, 공의 일부분도 엿보지
못했었다. 그런데 지금 대사大事를 당하고 보니, 솜씨가 없어서 큰

---

198 약관弱冠: 스무 살을 달리 이르는 말.《예기》〈곡례편曲禮篇〉에서, 공자
　　가 스무 살에 관례를 한다고 한 데서 나온 말이다.

문장은 발휘할 수 없고, 다만 자세히 살펴보고 신중히 쓸 수 있는 정도의 능력만이 약간 있을 뿐이다. 나의 친구 사계沙溪 김장생金長生[199]이 스승의 법도를 고치지 않고 능히 그 설説을 굳게 지키고 있는데, 그가 말하기를,

"그의 학문은 수심양성收心養性[200]을 근본으로 삼아주정主靜[201]에 전일하여 천인성명天人性命[202]의 은미함과 수기치인修己治人[203]의 도리에 이르기까지 연구하지 않은 것이 없었다. 그리하여 분화芬華한 가운데서도 자신을 지킴이 더욱 엄격하였고, 옥루屋漏의 은밀한 데서도 홀로 있을 때를 삼가

199 김장생金長生 : 조선 중기의 학자·문신(1548~1631). 자는 희원希元, 호는 사계沙溪. 이이의 제자이자 송시열의 스승으로, 조선 예학禮學의 태두이다. 저서에 《의례문해》, 《근사록석의》, 《경서변의經書辨疑》 따위가 있다.

200 수심양성收心養性 : 마음을 수습하여 본성을 기르는 것.

201 주정主靜 : 망상을 제거하고 마음을 고요히 하여 외물外物의 유혹을 받지 않게 하는 것. 송宋나라 주돈이周敦頤의 《태극도설太極圖說》에 "성인께서 이를 정하시어 중정인의中正仁義로 주정主靜케 하시고 인극人極으로 확립하셨다." 하였다.

202 천인성명天人性命 : 하늘이 부여한 명命과 사람이 받은 성性이라는 뜻의 주자학 술어이다. 《주역대전周易大傳》 〈건괘乾卦 단象〉에 "하늘의 도가 변화하매 각각 성과 명을 바르게 하여 큰 화기和氣를 보전케 해준다.〔乾道變化, 各正性命, 保合大和.〕"라고 하였는데, 주희의 《본의本義》에 "하늘이 부여한 것을 명命이라 하고, 물이 받은 것을 성性이라 한다."라고 하였다.

203 수기치인修己治人 : 자신의 몸과 마음을 닦은 후에 남을 다스림.

는 데에 부끄러움이 없었다. 그리고 경전經傳을 두루 섭렵하
면서 자득自得한 곳을 만났을 경우에는 매양 흔연히 소리를
높여 읽었고, 질병이 있지 않은 때에는 일찍이 드러누운 적
이 없었다."

고 하였다.

　나는 생각하건대, 공은 들어간 곳이 바르고 깨달은 곳이 통투
通透하였기 때문에 말할 때는 여유가 있고 행사할 때는 민첩했었다
고 여긴다.

　또 의심하건대, 그의 학문에 진취한 차서는 마치 우禹임금이
용문龍門을 뚫을 적에 먼저 긴요한 곳을 좇아 여수汝水, 한수漢水,
제수濟水, 탑수漯水를 뚫어 성대히 형세를 따라서 했던 것처럼 하였
으므로, 보는 이들은 마치 상달上達한 다음에 하학下學을 한 것처럼
느끼게 된다. 그러나 세상에 거꾸로 하는 공부가 어디에 있겠는가.

　일찍이 들으니, 경經에 이르기를,

　　"청명清明이 몸에 있으면 지기志氣가 신神과 같다."

고 하였고, 전傳에 이르기를,

　　"명明으로부터 성誠한다(自明誠)."

고 하였으니, 나는 이를 해석하기를,

"하늘이 열리고 태양이 밝으면 자연히 가려짐이 없는
것이다."

고 하노라. 간혹 영명英明함이 뛰어난 이의 경우는 능히 형기形氣의
사사로움을 초월하고 막히고 어두운 틀을 벗어나서, 그 성립된 것
이 마치 바다 위에 뜬 신기루가 인위적으로 다듬은 흔적이 없고 그
간가間架도 이루 다 헤아릴 수 없는 것과 같은 것이니, 또한 생각건
대 이것이 아니겠는가.

지혜로 찾거나 바람을 타거나 계단을 밟아 올라가지 않고도
자물쇠를 끄르고 닫힌 문을 열어서 본체本體를 환히 내다보았는데,
마음속에 활경活敬[204]을 지녔으므로 혼란되는 걱정이 없었고, 정의
精義로 일을 행하였으므로 하나하나의 선善을 점차적으로 성취하
는 이로움이 있어, 축곡逐曲이나 무교舞交[205]를 하듯, 얼음이 풀리
듯, 표적을 꿰뚫듯 하였으니, 후세에 모두 칭술稱述할 만한 것이다.

---

204 활경活敬: 편안하면서도 사고할 수 있는 것이 살아 있는 활경活敬이
다.

205 축곡逐曲이나 무교舞交: 옛날에 말(馬)을 몰던 다섯 가지 방법인 명화
란鳴和鸞, 축수곡逐水曲, 과군표過君表, 무교구舞交衢, 축금좌逐禽左에
서 온 말인데, 축수곡은 수레를 몰아 수세水勢의 굴곡屈曲을 따르면
서 물에 떨어지지 않는 것이고, 무교구는 십자로十字路에 수레를 몰
면서 수레가 무절舞節에 맞추어 선회旋回하게 하는 것이다. 《周禮 地
官 保氏》

아! 산연山淵에서 수레를 빼내어 끝내 구허丘虛로 들어갔는데, 험난한 곳을 나오고자 하여도 끌어낼 힘이 없어서 소의 넓적다리와 수레의 굴대가 함께 부러졌으니, 애석하도다.

지금 세상에 저울대를 가지고 전배前輩의 경중輕重을 헤아려 평론할 만한 호걸스러운 사람이 없는 게 한스럽다. 그래서 다만 나 같은 하찮은 사람의 소견으로 천 년이 되어도 고증할 수 없는 경중을 결정하려고 하니, 한갓 뻔뻔스러울 뿐이다. 사람들이 누가 이것을 믿어주겠는가. 또 모르긴 하지만 이로부터 몇백 년 뒤에 다행히 어떤 사람인지 알 수 없는, 마치 지금 이항복과 같은 사람이 한 사람 나와서 그 말을 동일하게 한다면 이것이 사실에 가까울 것이니, 우선 조금 기다리는 바이다.

다음과 같이 명銘한다.

道出於天 / 도가 하늘에서 나와서
而寓於人 / 사람에게 부쳐졌으니
人存道存 / 사람이 있으면 도가 있고
人去道堙 / 사람이 떠나면 도가 막히도다.
自吾道東 / 우리 도가 동방으로 오고부터
顯晦無時 / 드러나고 어두움이 일정치 않았는데
公唯厚棟 / 공은 오직 큰 마룻대가 되어서
任重不疑 / 중책을 맡아 의심하지 않았다네.
古哲人言 / 옛날 철인들의 말은

義奧旨微 /뜻이 오묘하고 은미했는데

因公剖判 /공이 이를 변석함으로 인하여

如旅斯歸 /나그네가 집에 가듯 이곳으로 돌아갔다네.

凡號儒者 /모든 유자로 불리는 자들도

或善說事 /혹 일은 잘 말하지만

至於致用 /지극한 용用에 이르러서는

戒于差異 /조금 다름을 경계했는데

繄公有言 /아! 공은 말을 하기만 하면

行必隨之 /실행이 반드시 뒤따랐네.

大名之下 /명성이 높은 지위는

古難善持 /예부터 잘 보전키 어려운 건데

屈而益明 /굽힐수록 더욱 밝아지더니

射夫折矢 /사부射夫의 화살이 꺾이었도다.

孰爲後焉 /그 누가 뒤를 이으려는가!

允矣多士 /진실로 많은 선비들이라네.

紫雲之側 /자운산 그 곁에는

維水瀰瀰 /물이 넘실넘실 흐르는데

銘于牲繫 /비석에 이 명을 새기니

爲示無止 /후세에 보임이 끝이 없을 것이다.

| 보충 설명 |

　이곳에 비문을 번역하여 넣는 이유는, 옛날 조선시대의
일은 남아있는 것이, 유문遺文이 아니면 비문 정도이고, 또한
그 사람을 정확히 알려면 비문이 아니면 알 수가 없기에 부득
이 비문을 번역하여 사실을 말하는 것이니, 독자 여러분은 이
를 잘 이해해 주시기 바랍니다.

　율곡선생께서는 이학理學의 대가이십니다. 이학은 하늘이
운행하는 법칙을 말하는 것인데, 사람은 천리天理의 운행하는
가운데서 성性이라는 것을 품부받고 태어나는 것이니, 이를
논의한 학문이 성리학입니다.
　선생께서는 성혼선생과 수년에 걸쳐 상호 서신을 주고받
으면서 성리性理의 심오한 곳까지 논의하였는데, 이때 논의한
말씀 중에는 남들이 이야기하지 않은 말씀이 이따금 있었다
고 이항복 선생은 선생의 비명碑銘을 찬찬撰하면서 이야기하였
고, 동인과 서인을 다루면서는 양시兩是와 양비兩非를 떠나서
훗날에 올 당쟁의 폐해를 미리 알고 동인과 서인의 원조격인
심의겸沈義謙과 김효원金孝元의 시비를 가리지 않고 똑같이 대
우하여 혹 훗날에 있을 당쟁을 없애려고 노력하였다고 하니,
선생이야말로 진정 나라를 위한 큰 선생이 아닌가 하고 생각
합니다.

선생께서는 일찍이 "구장장원九場壯元"이라는 별호를 얻었는데, 이는 무슨 말씀인가! 하면 국가에서 치루는 아홉 번의 국가고시에서 모두 1등을 하였다는 말씀이니, 이 얼마나 위대합니까!

선생께서는 여러 관직을 거쳐서 40대에 1품직의 찬성贊成에 오른 뒤에 벼슬을 버리고 낙향하여 후학을 가르치는데 심혈을 기울였으니, 이는 훌륭한 인재를 양성하여 국가의 동량을 만들어서 이들이 조정에 나가서 부국강병의 나라를 만들어야 한다고 생각하였기 때문이고, 상소를 올려서 10만 양병설을 주장한 것 역시 머지않아 임진란이 일어날 것을 미리 아시고 이를 예방차원에서 말씀한 것이 아닌가 하고 생각합니다.

선생의 심오한 학문의 세계는 백사 이항복 선생도 그 깊이를 다 헤아리기 어렵다고 하였으니, 현대에 사는 필자가 어찌 율곡선생을 잘 알아서 그의 학문의 모든 것을 다 말하겠습니까! 독자 여러분이 위에 쓰인 비문을 읽고 잘 판단하길 바랄 뿐입니다.

● 율곡선생의 시

○ 화석정花石亭(8세에 읊었다)

林亭秋已晩 / 숲속 정자에 가을이 이미 깊으니

騷客意無窮 / 시인의 생각은 끝이 없다네.

遠水連天碧 / 멀리 보이는 물빛 하늘에 닿아 푸른데

霜楓向日紅 / 서리 맞은 단풍은 햇볕 받아 붉구나!

山吐孤輪月 / 산은 외로운 달을 토해내는데

江含萬里風 / 강은 만 리 바람을 머금었네.

塞鴻何處去 / 하늘 가 기러기는 어디로 가는가!

聲斷暮雲中 / 저녁 구름 속으로 울음소리 사라지네.

| 보충 설명 |

원래 율곡선생의 시는 수없이 많습니다. 그러나 본서는 그의 모친이신 사임당의 책이기에 율곡선생이 8세에 지었다는 화석정시花石亭詩 1수와 고산구곡가高山九曲歌 등의 시만을 올리기로 하였습니다.

이 시는 파주 임진강 가에 세워진 정자로, 원래 고려 말 야은 길재吉再가 살던 터에 율곡선생의 5대조인 이명신李明晨이 1443년(세종 25)에 지은 정자라고 한다. 이명신은 파주 관아에서 북쪽으로 17리 지점인 임진강 남쪽 언덕에 정자를 지었고, 율곡 이이의 증조부 이의석李宜碩이 1478년(성종 9)에 중수하였으며, 이숙함李淑瑊이 화석정이라 이름 지었다고 한다. 그 후 율곡 이이가 관직에서 물러나서 이곳에서 독서하고 후학을 가르치면서 세인에게 널리 알려졌다.

　임진강 가의 경관 좋은 곳에 세워진 화석정을 노래한 시가 굉장히 많다. 이 가운데 가장 유명한 것은 율곡이 8살 때 지었다는 일명 '팔세부시八世賦詩'이다. 근래 이 시를 정자 곁 큰 바위에 새겨놓았고, 정자에도 걸려있다.

　이 화석정은 임진왜란 때 피난하던 선조와의 일화도 전한다. 칠흑같이 어둡고 비 오는 밤이었다. 아무것도 안 보이던 임진 나루를 건널 때 화석정에 불을 질러 선조가 무사히 강을 건넜다는 이야기가 야사로 전한다.

○고산구곡가高山九曲歌

　　　高山九曲潭 / 고산의 아홉 굽이 계곡
　　　世人未曾知 / 세상 사람들이 모르더니
　　　誅茅來卜居 / 내가 와 터를 닦고 집을 짓고 사니
　　　朋友皆會之 / 벗들이 모두 이곳에 모여드네.
　　　武夷仍想像 / 무이산을 여기서 상상하며
　　　所願學朱子 / 주자를 배우는 것이 소원이라네.

　　　一曲何處是 / 일곡은 어디인가!
　　　冠巖日色照 / 관암에 해 비치도다.
　　　平蕪煙斂後 / 편편한 들판에 안개 걷힌 뒤에

遠山眞如畫 / 먼 산이 참으로 그림 같구나!

松閒置綠樽 / 소나무 사이에 푸른 술 항아리 놓고

延佇友人來 / 벗 오기를 우두커니 기다리네.

二曲何處是 / 이곡은 어디인가!

花巖春景晚 / 화암의 늦은 봄 경치 좋은데

碧波泛山花 / 푸른 물결에 산의 꽃 띄우니

野外流出去 / 들판 밖으로 흘러간다네.

勝地人不知 / 이렇게 좋은 곳을 사람들이 모르니

使人知如何 / 사람들에게 알게 한다면 어떻겠는가!

三曲何處是 / 삼곡은 어디인가

翠屛葉已敷 / 취병에 잎 이미 나왔도다.

綠樹有山鳥 / 푸른 나무에 산새가 있어

上下其音時 / 그 울음소리 오르내리는구나!

盤松受淸風 / 반송에 맑은 바람 불어오니

頓無夏炎熱 / 잠시 여름의 더운 열기 없어지네.

四曲何處是 / 사곡은 어디인가!

松崖日西沈 / 솔 언덕에 해 넘어가는구나!

潭心巖影倒 / 연못 가운데 바위 그림자가 거꾸로 보이
　　　　　　는데

色色皆蘸之 / 온갖 빛이 모두 여기 잠겼구나!

林泉深更好 / 숲속의 샘물 깊을수록 더욱 좋으니

幽興自難勝 / 그윽한 흥을 스스로 이기기 어려워라.

五曲何處是 / 오곡은 어디인가!

隱屛最好看 / 은병이 가장 보기 좋다네.

水邊精舍在 / 물가에 정사精舍 있으니

瀟灑意無極 / 맑고 깨끗함이 끝이 없네.

箇中常講學 / 그 가운데서 항상 학문을 강론하며

詠月且吟風 / 달도 읊어보고 또 바람도 읊조리네.

六曲何處是 / 육곡은 어디인가!

釣溪水邊闊 / 조계가 물가에 넓게 차지하였구나!

不知人與魚 / 모르겠다 사람과 물고기 중에

其樂孰爲多 / 그 즐거움 어느 쪽이 더 많겠는가!

黃昏荷竹竿 / 황혼에 낚싯대 메고

聊且帶月歸 / 무심히 달빛 받으면서 돌아오네.

七曲何處是 / 칠곡은 어디인가!

楓巖秋色鮮 / 풍암에 가을빛이 아름답구나!

淸霜薄言打 / 맑은 서리 살짝 내리니

絶壁眞錦繡 / 절벽이 참으로 비단 빛이라네.

寒巖獨坐時 / 찬 바위에 홀로 앉았으니

聊亦且忘家 / 무심하여 집 생각까지 잊는구나!

八曲何處是 / 팔곡은 어디인가!

琴灘月正明 / 금탄에 비췬 달 정녕 밝구나!

玉軫與金徽 / 옥 거문고와 금 거문고로

聊奏數三曲 / 무심히 두서너 곡조 타는구나!

古調無知者 / 옛 곡조 알아들을 사람 없으니

何妨獨自樂 / 어찌 혼자 즐김을 방해하겠는가!

九曲何處是 / 구곡은 어디인가!

文山歲暮時 / 문산에 한 해가 저무는구나!

奇巖與怪石 / 기이한 바위와 괴상한 바위가

雪裏埋其形 / 눈 속에 묻혀버렸구나!

遊人自不來 / 구경꾼 오지 않으면서

漫謂無佳景 / 공연히 좋은 경치 없다고 하네.

| 보충 설명 |

　　성리학을 집대성한 주자는 말년에 복건성에 있는 무이
산 아래에 살면서 무이구곡武夷九曲이라는 시를 지었다. 조선
의 유학자들은 성리학의 종주인 주자를 존경하고 사모하였으
니, 그러므로 복건성 무이산 자락에 있는 무이구곡을 가보지
도 않고 주자가 읊은 무이구곡가를 차운한 유학자가 많은 것
으로 안다.

필자가 명동에서 일평선생을 모시고 《한국비평론자료집
韓國批評論資料集》이라는 책을 번역하면서 읽을 적에 퇴계선생
이 지은 '차무이구곡가次武夷九曲歌'라는 시를 읽은 일이 있었
는데, 필자는 생각하기를,

"중국 복건성의 무이산을 가보지도 않고 어떻게 무이
구곡가를 차운하느냐! 나는 무이산에 가서 무이구곡을 보
고 차운하겠다."

고 하였고, 그 뒤에 필자는 동료 12명과 같이 무이구곡에 가
서 구곡이 흐르는 시내에서 뗏목을 타고 내려가면서 1곡부터
9곡까지 자세히 보면서 내려간 일이 있는데, 무이구곡가를 차
운하지는 못하였다. 왜냐면 우선적으로 시를 쓰려면 그곳의
지형과 지면, 그리고 산야와 마을 등 여러 가지를 먼저 숙지하
고 가서 차운次韻해야 하는데, 필자는 처음으로 간 중국의 복
건성에 있는 무이구곡인지라. 이런 기본 지식이 없었으므로,
결국 무이구곡가를 차운하지 못하고 귀국한 경험이 있다.

율곡선생 역시 주자의 학문과 성리학을 존중하여 평생을
통하여 성리학에 정진한 사람인데, 말년에 처가가 있는 해주
에 가서 제자를 양성하면서 '고산구곡가高山九曲歌'를 읊었으
니, 이는 주자의 '무이구곡가武夷九曲歌'를 모방하여 읊은 것으
로 생각한다.

고산구곡이 있는 해주는 대한민국의 땅이지만, 지금은 북한이라는 나라가 통치하고 있어서 우리들 마음대로 갈 수가 없으니, 답답한 마음을 금할 수가 없다. 먼 중국에 있는 무이산은 지금 당장이라도 갈 수가 있지만, 같은 민족이 통치하는 해주는 어째서 갈 수 없는 금단의 땅이 되었는가! 하루빨리 율곡선생께서 주재하고 계시던 해주 고산구곡을 가고 싶은 마음 간절하다.

6) 셋째 딸과 사위 홍천우洪天祐

사임당의 셋째 딸은 셋째 아들 율곡의 아래이고, 넷째 아들 옥산玉山의 위이다. 생졸의 연대는 분명하지 않고, 남양홍씨 홍천우洪天祐에게 출가하였는데, 그 아들 석윤錫胤은 진사進士로서 이름이 세상에 들렸다.

사임당이 서거한 지 15년이고, 이원수 공이 서거한 지 5년째 되던 해(1566, 명종 21년) 5월 20일에 율곡의 동복형제 7남매가 한 자리에 모여 맏형 죽곡이 집필하고 재산을 가르는 분재기分財記에 서명한 것을 보면 선璿·번璠·이珥·우瑀 등 아들 넷과 사위 조대남 둘째 사위 윤섭 등은 서명하였는데, 셋째 사위 홍천우는 이미 죽었기 때문에 셋째 따님 자신이 '이씨李氏'라고 서명하였음을 본다.

이 해에 율곡이 31세이고 옥산이 25세인 것을 보면 셋째 따님은 아마도 27세가량 되었을 것인데, 이미 남편이 죽어서 홀몸이 되었으니, 혹 대단히 각박한 인생을 산 것이 아니었나 하고 생각한다.

7) 넷째 아들 옥산玉山 이우李瑀

○통훈대부 군자감정 이우묘표(송시열宋時烈이 찬撰하였다)

율곡선생의 아우가 있으니, 휘諱는 우瑀이고, 자字는 계헌季獻이며, 호는 옥산玉山이니, 일찍이 영남의 선산에 살았는데, 선산 사람들이 사절四絶이라고 말하였으니, 그것은 거문고, 서법, 한시, 그리고 그림을 잘함을 말한다.

옥산의 서법書法은 매우 절묘하였으니, 일찍이 검은 참깨에 구龜자를 썼고, 또한 콩을 쪼개어 두 쪽을 만들고 그 하나에 오언절구를 썼는데, 그 결구를 잃지 않았고 적趯과 륵勒의 법을 선조대왕께서 감상하시기를 좋아하시고, 《초결백운草訣百韻》에 손수 책 표지를 써서 주시었으며, 그 외에 하사한 것도 심히 많았다. 그러나 사절四絶이라는 말로 그 사람을 다 말하지는 못하기 때문에 율곡선생도 또한 그 재주를 칭찬하면서 그 사람을 다 말할 수는 없으니, 말한다면,

> "만약 나의 아우에게 학문에 종사하게 하였더라면, 나
> 는 그에 미치지 못할 것이다."

고 하였다.

생원시에 합격하고 처음으로 경기전 참봉慶基殿參奉에 보임되었는데, 선생과 멀리 떠나기를 원하지 않았기 때문에 취임하지 않

았고, 그 뒤에 빙고 별좌, 사복시 주부, 비안 현감, 사헌부 감찰, 상의원 판관, 괴산군수, 고부군수 등이 모든 이력이고, 군자감 정으로 관직을 마쳤으니, 만력 기유년(1609) 5월 27일이니, 당시 나이는 68세였다.

공은 군과 현을 맡아 다스리면서 형벌을 쓰지 않으니 아전과 백성들이 존중하였고 비안 사람들이 임기가 찬 선생이 계속 이곳에 있기를 원하였기 때문에 비안에 산 것이 무려 7년이었다.

일찍이 다시 정시庭試에 합격하였는데, 여러 사람들이 '작은 잘못이 아래에 보인다.'고 말하니, 공이 말하기를,

"운명이다."

고 하고, 이로부터 다시 과거에 응시하지 않았다.

부모님 상을 당해서는 여묘를 살면서 친히 씻고 닦았으며, 겨울에는 손이 갈라져서 피가 나오니, 서모가 인자하지 않으면서도 오히려 눈물을 흘리니, 공이 문득 손을 소매 사이에 숨기고 보이지 않으려고 하였으므로, 소매가 붉게 물들어 있었다.

율곡선생이 해주의 석담에 집을 짓고 날을 잡아 주연을 베풀 적에는 반드시 술을 비치하고 아우에게 거문고를 타게 하고 시를 읊으면서 밤낮으로 즐거워하면서 형제간을 일러 '지기知己'라고 하였다.

율곡선생이 몰歿한 뒤에 처자가 주리니, 조정에서 현縣의 직책을 주어서 양육하게 하였고 공도 또한 진심을 다하여 훈육하여

살 곳을 잃지 않게 하였다. 그러나 일찍이 가업家業을 경영하지 않았기 때문에 항상 집에 나가서 살았고 매학정梅鶴亭에서 목숨이 다하기까지 산 것도 또한 공의 부인 집의 별장이기 때문이다.

괴산에 있을 적에 왜변(임진왜란)을 만나서 장정을 모집하고 덫을 만들어서 왜병을 잡았는데, 그 공로는 아전과 병졸에게 주었고, 또한 왜적의 향배를 정탐하면서 백성들이 밭을 갈고 씨를 뿌리게 하였기 때문에 기근에도 불구하고 그곳 괴산은 모두 온전하였으니, 조정에서 그 공을 기록하고 선무종훈宣武從勳을 내렸다. 묘지는 선산 무채산 임좌의 언덕에 있고 숙인 황씨를 부장하였다.

이하는 자녀의 사항으로 기록을 생략한다.

● 옥산玉山 이우李瑀의 글씨

○ 매학정시梅鶴亭詩

　　나의 집이 어디에 있는가 물으니
　　산 등진 물가 사립문 닫은 집이라네.
　　때때로 모랫길에 구름 덮여 있으니
　　사립문은 보이지 않고 구름만 보이네.

　　　　君問我家何處在 (군문아가하처재)
　　　　依山臨水掩荊門 (의산임수엄형문)

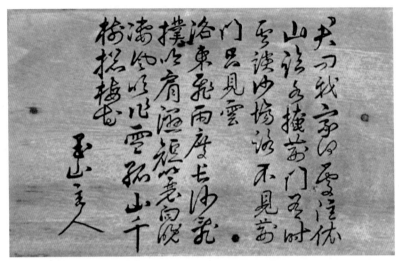
매학정에 걸려 있는 시 현판(옥산의 친필)

有時雲鎖沙場路(유시운쇄사장노)

不見荊門只見雲(불견형문지견운)

낙동강 나룻가에 날리는 빗발

어지럽게 내려쳐 도롱이 적신다네.

늦을 녘 찬바람에 눈으로 변하니

고산孤山의 온 산이 모두 매화꽃 같다네.

洛東飛雨度長沙(낙동비우도장사)

亂樸吟肩濕短蓑(난박음견습단사)

向晚凄風吹作雪(향만처풍취작설)

孤山千樹摠梅花(고산천수총매화)

이우李瑀의 자는 계헌季獻이고, 호는 옥산玉山이고, 또는 죽와竹窩·기와寄窩라고 불렀다. 중종 37년(1542) 7월 9일에 서울에서 출생하고 광해 원년(1609) 5월 27일에 선산에서 졸하였다.

옥산玉山은 당시(선조조) 조선에서 초서의 제1인자의 칭호를 받는 고산孤山 황기로黃耆老[206] 공의 무남독녀에게 장가들어 그 장인의 서법 지도를 받았을 것으로 사료된다.

옥산은 훗날 처가의 고향인 선산에서 살았고, 장인의 모든 유업을 상속받았으니, 저 유명한 고산 아래 매학정梅鶴亭의 주인이 되었고, 죽어서도 선산군에 있는 무래산舞來山의 응봉鷹峯의 아래에 묻혔으며, 부인 황씨도 같이 합장되었다고 합니다.

위에 게재한 매학정의 글씨는 옥산 자신이 절구 2수를 매학정에서 짓고, 그리고 손수 글씨를 쓰고 목판에 새겨서 매학정 안에 걸어놓은 귀중한 글씨이다. 이 현판은 초서의 글씨로 옥산의 글씨 연구에 매우 귀중한 자료가 된다.

---

206 황기로黃耆老: 1521~1567. 본관은 덕산德山, 자는 태수鮐叟, 호는 고산孤山·매학정梅鶴亭이다. 1534년(중종 29) 진사시에 합격하였으며, 특히 초서를 잘 써서 초성草聖으로 불렸다.

● 이우의 글씨 귀거래사

돌아가자!

전원田園이 황폐하려고 하니,

어찌 돌아가지 않으리오.

이미 마음이 육신의 부림을 받았으니,

어찌 실심失心하여 슬퍼하기만 하겠는가!

이미 지나간 날은 따질 수 없음을 깨닫고

앞으로 올 것은 바른길을 따를 수 있음을 알았노라.

실제로 길을 잃었으나 아직 멀리 가지 않았으니,

지금이 옳고 어제는 잘못되었음을 알았노라.

배는 가벼운 바람에 흔들리고

바람은 살랑살랑 옷자락에 불도다.

길 가는 나그네에게 앞길을 물으니,

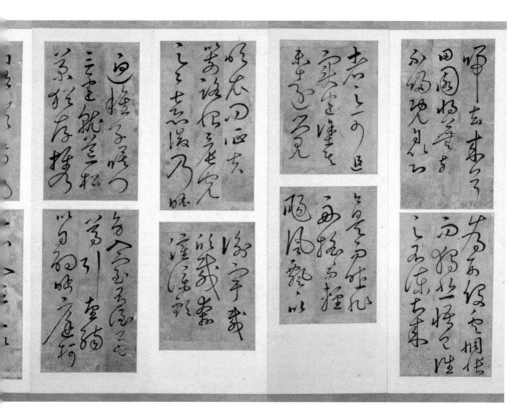

《옥산서병玉山書屛》

옥산의 초서 귀거래사, 강릉시 오죽헌시립박물관 소장, 출처: 디지털강릉문화대전

새벽빛이 희미함을 한스럽게 여긴다네.

마침내 작은 집을 바라보고 기뻐하며 달려가니,

노복奴僕들은 환영하고 어린이는 문에서 기다리도다.

세 개의 오솔길은 황폐해졌으나

소나무와 국화는 그대로 남아있다네.

어린아이의 손을 잡고 방에 들어가니,

술이 술동이에 가득하기에 술병과 술잔으로 스스로 따라 마시고

정원의 나뭇가지를 보면서 웃음진다네.

남쪽 창가에 기대니 마음 뿌듯하고

앉아 쉬기에 쉬움을 알았다네.

전원을 날마다 거니는 것을 취미로 알고

문은 있으나, 항상 잠겨 있다네.

지팡이 짚은 늙은이 잠시 쉬다가 머리 들어 멀리 바라보니,

구름은 무심히 산머리에서 나오고 새는 날아돌아갈 줄 안다네.

햇볕이 뉘엿뉘엿 지려고 하는데,

외로운 소나무 어루만지며 서성대도다.

돌아가자!

교제를 그만두고 교유를 끊어야 한다네.

세상이 나와 맞지 않으니

다시 수레를 타고 무얼 구하겠는가!

친척들의 정담을 기뻐하고

거문고 타고 책을 읽으면서 걱정을 잊었다네.

농부가 나에게 봄이 왔음을 알려주니

앞으로 서쪽 밭에 할 일이 있으리라.

혹 휘장 친 수레 준비하라 이르고

혹은 외로운 배 노저어서

이미 깊은 골짝을 찾고 꼬불꼬불한 험한 언덕 지나니

나무들은 기쁘게 꽃 피우려고 하고

샘물은 졸졸 흐른다네.

만물이 시절 얻음을 부러워하고

우리들의 인생 가고 멈춤을 느낀다네.

그만두어라!

몸을 우주 안에 붙인 것이 얼마인가!

어찌 마음을 붙여 마음대로 가고 머무르지 못하고

어찌 허둥거리며 어디로 가려고 하는가!

부귀는 내가 원하는 것 아니고

신선의 세계는 기약할 수 없다네.

좋은 시절 생각하여 외로이 가고

혹 지팡이 꽂아놓고 김매노라.

동쪽 언덕에 올라 휘파람 불고

맑은 물가에 다다라 시 읊노라.

오르지 변화함에 따라 인생 마치려는데.

즐거운 나의 인생에 다시 무얼 의심하랴!

○歸去來兮 田園將蕪 胡不歸 既自以心為形役 奚惆悵而獨悲 悟已往之不諫 知來者之可追 實迷塗其未遠 覺今是而昨非 舟遥遥以 輕颺 風飄飄而吹衣 問征夫以前路 恨晨光之熹微 乃瞻衡宇 載欣載 奔 僮僕歡迎 稚子候門 三徑 就荒 松菊 猶存 携幼入室 有酒盈樽 引 壺觴而自酌 盼庭柯以怡顏 倚南牕而寄傲 審容膝之易安 園日涉而成 趣 門雖設而常關 策扶老以流憩 時矯首而遐觀 雲無心以出岫 鳥倦 飛而知還 景翳翳其將入 撫孤松而盤桓 歸去來兮 請息交而絶遊 世 與我而相違 復駕言兮焉求 悦親戚之情話 樂琴書以消憂 農人 告余 以春及 將有事於西疇 或命巾車 或棹扁舟 既窈窕以尋壑 亦崎嶇而 經丘 木欣欣以向榮 泉涓涓而始流 善萬物之得時 感吾生之行休 已 矣乎 寓形宇内復幾時 曷不委心任去留 胡為遑遑欲何之 富貴 非吾 願 帝鄉不可期 懷良辰以孤往 或植杖而芸耔 登東皋以舒嘯 臨清流 而賦詩 聊乘化以歸盡 樂夫天命復奚疑

●옥산의 그림

◆포도

《옥산 이우李瑀의 묵포도》
강릉시 오죽헌시립박물관 소장

ㅇ감상 도우미

이 포도 그림은 야생의 포도를 그린 것으로 사료되고, 가운데
에 공간을 주었으며, 그리고 말라비틀어진 포도가 특이한 작품이
다. 다만 주종主從이 보이지 않아서 약간 산만하게 보인다.

●옥산의 그림

◆수박

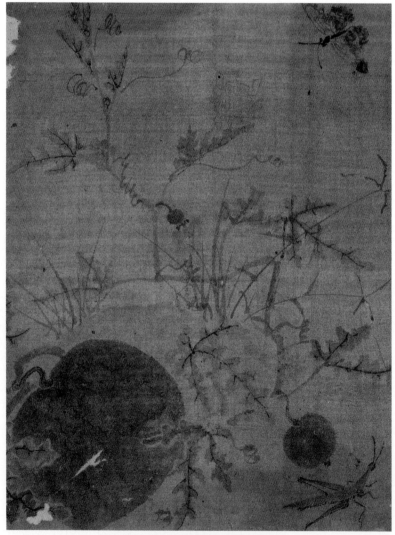

《옥산 이우李瑀의 수과초충도水瓜草蟲圖》
강릉시 오죽헌시립박물관 소장, 출처: 공유마당

○ 감상 도우미

이 그림은 큰 수박과 작은 수박을 그려서 주종主從 관계를 확실하게 설정한 그림이다. 수박 옆에 3개의 돌이 있는 것으로 보아 돌밭에 심은 수박이며, 옆 두 군데에 풀을 그려 넣은 것은 수박의 단조로움을 보완하기 위한 것으로 보인다.

작품이 흐려서 한 곳의 풀은 난초 같기도 하나, 너무 흐릿하여 확인하기 어렵다.

| 참고문헌 |

- 이은상李殷相, 《사임당의 생애와 예술》, 서울 성문각, 1977
- 성백효成百曉, 《고문진보》, 서울 사단법인 전통문화연구회, 2005
- 김동구金東求, 《비지구해 원본주역》, 서울 명문당, 2015
- 전규호全圭鎬, 《신사임당의 초서와 초충첩》, 서울 명문당, 2024
- 이이李珥, 《율곡전서栗谷全書》, 조선시대
- 이항복李恒福, 《백사집》, 조선시대
- 송시열宋時烈, 《송자대전》, 조선시대
- 김원중金元中, 《허사사전虛辭辭典》, 서울 현암사, 1999
- 이계황李啓晃, 《소학집주》, 서울 사단법인 전통문화연구회, 2006
- 민족문화추진회, 《신증 동국여지승람》, 서울 민족문화문고간행회, 1982
- 김학원, 《택리지擇里志》, 서울 휴머니스트 출판그룹, 2018
- 장호성張湖星, 《한한대사전》, 서울 단국대학교 출판부, 2008
- 이계황李啓晃, 《서경書經》, 서울 사단법인 전통문화연구회, 2001
- 김지용金智勇, 《한국역대 여류한시문선》, 서울 도서출판 명문당, 2005
- 전우상全遇尙, 《옥천전씨 대동보》권1, 대전 회상사, 1989
- 김철환金哲煥, 《한한대자전》, 서울 민중서관, 2001
- 덕수이씨 족보
- 평산신씨 족보
- 용인이씨 족보
- 강릉최씨 족보

■그림 출처 국립중앙박물관, e뮤지엄, 공유마당, 오죽헌시립박물관, 디지털강릉문화대전

사임당의 위대한 삶 거슬러보기

초판 인쇄 2024년 12월 16일
초판 발행 2024년 12월 23일

저   자 전규호
발 행 자 김동구
디 자 인 이명숙 · 양철민
발 행 처 명문당(1923. 10. 1 창립)
주   소 서울시 종로구 윤보선길 61(안국동)
          국민은행 006-01-0483-171
전   화 02)733-3039, 734-4798, 733-4748(영)
팩   스 02)734-9209
Homepage www.myungmundang.net
E－mail   mmdbook1@hanmail.net
등   록 1977. 11. 19. 제1~148호
ISBN 979－11－94314－11－0 (03810)

20,000원